民國文化與文學^{研究}文叢

十六編

李 怡 主編

第 **13** 冊

橫看成嶺側成峰
——胡風論（第三冊）

吳 永 平 著

國家圖書館出版品預行編目資料

橫看成嶺側成峰——胡風論（第三冊）／吳永平 著 -- 初版
-- 新北市：花木蘭文化事業有限公司，2023〔民 112〕
目 4+160 面；19×26 公分
（民國文化與文學研究文叢 十六編；第 13 冊）
ISBN 978-626-344-535-2（精裝）
1.CST：胡風 2.CST：學術思想 3.CST：文集
820.9　　　　　　　　　　　　　　　　112010654

ISBN-978-626-344-535-2

民國文化與文學研究文叢
十六編　第十三冊　　　　　　　ISBN：978-626-344-535-2

橫看成嶺側成峰
——胡風論（第三冊）

作　　　者　吳永平
主　　　編　李怡
企　　　劃　四川大學中國詩歌研究院
總 編 輯　杜潔祥
副總編輯　楊嘉樂
編輯主任　許郁翎
編　　　輯　張雅淋、潘玟靜　美術編輯　陳逸婷
出　　　版　花木蘭文化事業有限公司
發 行 人　高小娟
聯絡地址　235 新北市中和區中安街七二號十三樓
　　　　　　電話：02-2923-1455／傳真：02-2923-1452
網　　　址　http://www.huamulan.tw 信箱 service@huamulans.com
印　　　刷　普羅文化出版廣告事業
初　　　版　2023 年 9 月
定　　　價　十六編 18 冊（精裝）台幣 45,000 元

橫看成嶺側成峰
——胡風論（第三冊）

吳永平 著

目

次

建國初期胡風入黨問題上的波折
（未刊）

　　1955 年 1 月 2 日，中國作協黨組書記邵荃麟代表作協黨組起草給中宣部的報告，該報告對即將全面展開的「批判胡風運動」的性質、範圍、時間皆作了規定，並指出其宗旨是：「對於胡風以及胡風派的人，只要他們政治上不是反革命，仍然應該採取治病救人的態度；應當通過批判，幫助他們認識錯誤，改正錯誤。〔註1〕」

　　隨後，胡風開始了「認識錯誤」的艱難歷程。一篇《我的自我批判》，費時兩月，數易其稿，仍未被通過。於是，就有人來「幫助」他了。3 月 8 日夜他的幾位老朋友喬冠華、陳家康和邵荃麟奉命前去看望他，並與他作了推心置腹的談話。胡風曾在回憶文章中述及談話的主要內容，他寫道：

　　　　喬冠華、陳家康和邵荃麟還最後來和我談了一次話。他們是秉承總理的指示來的。都是由喬冠華談，邵荃麟、陳家康只說過很少的幾句簡單話，我也記不得。（1）總理說，應檢查思想，應該打掉的打得愈徹底愈好，這才更好建設新的。但是，要實事求是，不能包，包不是辦法。（2）這卻是喬冠華自己的口氣說話了：「……別的不說吧，你跟黨這多年，至少是你沒有積極提出要求入黨，這在思想上應該檢查檢查。也可以回憶一下歷史情況，看有什麼問題」……（筆者略）他們三個這次來當是總理想對我的問題再做一次挽救，

<hr>

〔註1〕轉引自張僖《隻言片語——作協前秘書長的回憶》，北京十月文藝出版社 2002年版。下不另注。

免得弄到難於收拾。〔註2〕

　　他以為喬、陳、邵這次的來訪是「秉承（周）總理的指示來的」，但據有關史料，也可能是時任中宣部部長的陸定一的特意安排〔註3〕。這，當然不是問題的關鍵。關鍵問題在於，上面勸其「應檢查思想」，而喬冠華卻具體地解說為應檢查在「入黨」問題上的「歷史情況」和現實態度，這是頗耐人尋味的。

　　胡風與政黨關係究竟有過什麼樣的「歷史情況」？有過「什麼問題」？拙文試圖對此進行初步的探討，時限定於建國初期，建國前的經歷將在最後附帶提及。

一、與彭柏山商討入黨問題（1949 年 11 月）

　　建國之初，胡風曾起過要求入黨的念頭。

　　他曾回憶道：「解放以來，多次有誠懇的友人勸我應該要求入黨，但我自己覺得政治鍛鍊和生活癖性都不夠條件，而且還有自己過去的心情：革命勝利以後才要求入黨，等於分取革命的光榮。〔註4〕」於是猶豫著，沒有明確表態。

　　據胡風日記，第一個勸他應該要求入黨的「誠懇的友人」是陳緒宗。陳是胡風在北碚復旦大學教書時的進步學生，後去了延安，當時在共青團中央任職。1949 年初胡風從香港來到東北解放區後，從報上看到陳的消息後很快取得了聯繫。陳同情胡風的境遇，曾多次轉告他人的批評意見，並提出了「入黨」的建議。胡風日記中有如下記載：

　　　　（1 月 31 日）「有人因蕭軍而對我誤解」，「我不斷地成為造謠對象……」

　　　　（3 月 5 日）「有原則性，但不易接受別人意見；不到延安，是因為周揚的關係。」

　　　　（6 月 11 日）「陳緒宗來，他後天去上海。又提到要我要求入黨。」

　　陳緒宗的建議是從消除誤解、改善處境的角度著眼的，胡風雖心有所動，

〔註2〕《胡風全集》第 6 卷第 527 頁，湖北人民出版社 1999 年版。下不另注。
〔註3〕喬冠華 1966 年 2 月 12 日致章漢夫、姬鵬飛並轉周揚的信：「最後一次，大概是 1955 年，根據定一同志指示，我曾去勸過他一次，講過些什麼具體內容，已經記的〔得〕不清楚了。」轉引自徐慶全《胡風服刑前致函喬冠華始末》，原載 2000 年《百年潮》第 3 期。
〔註4〕《胡風全集》第 6 卷第 659 頁。

但並沒有表示什麼。

　　據胡風與友人通信錄，第二個勸他應該要求入黨的「誠懇的友人」是彭柏山。彭是胡風左聯時期的盟友，後參加了新四軍，當時任解放軍三野二十四軍政治部副主任。1949 年 3 月 26 日胡風從華北李家莊抵北平後不久，便與彭恢復了通信聯繫。彭對胡風相當熱情，曾坦率地將參加革命後的經驗傾囊以告，並真誠地表示願為解決其組織問題盡力，9 月 21 日他在致胡風信中寫道：

> 「堅持真理，服從組織」，是毛澤東的戰鬥的法寶。這些年來，我從實際生活中完全體驗毛澤東的偉大，我們是幼稚得多了。因此，你不要為個別黨內作風不純的同志，而阻塞自己的去路。既然周副主席（周恩來同志）和你有聯繫，你可把你所要說的話，用書面或口頭向他表白。打破領導與你之間的隔閡，對你是極為有益的。毛澤東是一位久經戰鬥的人，所以毛澤東的黨，是能深切的體貼人情，而又是最富有正義的。這裡，任何顧慮，是不必要的。至於旁人的那種冷眼和狹窄，可以一笑置之。總之，你這次在北平，應解決組織與工作問題，如果需要我之處，我是極願以負責的態度，說明我們十多年來的關係，我想，用不到，也就不必要。淺近之見，不知你以為如何？

　　胡風致彭柏山的前後信件雖已佚，但從此信中可以見出，他曾在前信中談到因黨內不正之風而產生了對入黨的顧慮。彭於是勸其多看黨內的光明面，建議他直接給「周副主席」上書，並承諾願為其盡力。胡風真正被打動了，於 10 月 27 日致信周恩來，請求約見。次日，周恩來辦公室通知，「下月初約談話」〔註5〕。在等待周恩來約見的期間，胡風仍與彭柏山繼續商討入黨問題。11 月 7 日彭柏山覆信寫道：

> 我擬寫封信給起應（周揚）兄，由我直接負責為你提出組織問題，不知你是否同意？如果同意，我與歐陽山兄兩人負責介紹。因為一切問題，只有到黨內來，才有是非，才有結果。至於你所謂要有什麼代價，那恐怕是你自己所揣想的，不知有無根據。據歐陽山兄談，是沒有根據的，這我就不清楚了。

　　從此信中可以見出，胡風雖對解決組織問題懷有期翼，但卻非常擔心對方

〔註5〕胡風 1949 年 10 月 28 日致梅志信，《胡風家書》復旦大學出版社 2007 年版。下不另注。

會以此要求自己付出「代價」，這「代價」可能是什麼呢？下面將會提及。

1978 年 12 月，胡風在一份材料中憶及當年這件事，寫道：「他（指歐陽山）南下到徐州會見彭柏山，他們商量向周揚介紹我入黨。我不願在革命勝利後沒有經過鬥爭的考驗就入黨，更不願通過周揚入黨，回信柏山沒有同意。〔註6〕」

據此來看，胡風當年對「代價」的「揣想」實出於兩個心結：一是對「革命勝利以後才要求入黨」的顧慮，二是「不願通過周揚入黨」。

他曾談到第一個心結產生的歷史背景，說是：「（當時）聽到了『投共產黨之機有什麼不好』的名言。這如果指的是各種人物向共產黨獻好，爭取生存甚至一席地位而言，當然說得過去，但如果指入黨而言，那可是危險太大了。別的領域只偶而風聞，但在文藝領域上，的確興起了一股投機入黨的小熱潮。〔註7〕」如果僅是不願追隨潮流，他的動機當無可非議。

他也曾提到第二個心結的歷史淵源，1933 年他從日本歸國後曾兩次向周揚、陽翰笙提出「恢復組織關係」，都被「擱下來了沒有處理」〔註8〕；1936 年馮雪峰「三次」「通知他「參加了黨」，又「三次」讓他「退出」。他於是有理由認為：文藝界宗派壁壘森嚴，「我不站在他們之一的一邊，組織問題是沒有人肯處理的。〔註9〕」如果僅是不願因此而捲入宗派鬥爭，他的動機也應該說是比較純正的。

在這兩個心結中，第二個是主要的。既然「不願通過周揚入黨」，那麼就只剩下彭柏山指出的那條路，「用書面或口頭」向更高層的領導「表白」了。

二、向胡喬木表示入黨意願（1949 年 11 月）

一個月後（1949 年 11 月），胡風向胡喬木表達了要求入黨的意願。

他於 10 月 27 日致信周恩來，在等候「下月初」預約接見的空隙裏，創作了激情洋溢的長篇頌歌《時間開始了》第一樂章《歡樂頌》，詩中詠贊了「屹然地站在那最高峰上」的毛澤東及居於「勝利的戰列前行的鋼人」周恩來。該詩載 11 月 20 日《人民日報》，引起了強烈的反響。

11 月 27 日，時任中宣部常務副部長的胡喬木來訪，解釋了周恩來暫時不能接見的原因，轉達了周對胡風來信中所提若干要求的答覆，並對《歡樂頌》

〔註6〕《胡風全集》第 6 卷第 749 頁。
〔註7〕《胡風全集》第 6 卷第 723 頁。
〔註8〕《胡風全集》第 6 卷第 316 頁。
〔註9〕《胡風全集》第 6 卷第 317～318 頁。

的「力量」及「理論」分別作了肯定和批評〔註10〕。胡風當天日記載有：「胡喬木來。要解決問題：1. 我對世界、歷史的看法和共產黨不同，2. 要和整個共產黨做朋友。」

胡喬木傳達的意思非常清楚，要想一攬子解決「組織與工作問題」的前提是：一、改造世界觀使之與共產黨相同；二、主動地提出入黨申請。胡風非常清楚對方的意圖，在 11 月 29 日的家書中寫道：

> 還要告訴你：神經中樞打動了，前晚有人來談了話。談話內容，現在沒有力氣寫了，面談罷。在兩種意義上，都是意外的，或者說，意中的。那麼，我的鬥爭要登上一個新的路程了。但我現在不能放下我心裏的烈火，等燒過了以後再去見面。下午預備先寫一封信去，用真誠的話回答那個談話。

「神經中樞」指的是周恩來，「有人來」指的是胡喬木的來訪，「燒過了再去見」的對象是周恩來，「真誠的話」指的是他於次日致信胡喬木表達的「希望能夠解決組織問題的心情」〔註11〕。

胡風滿懷激情繼續創作長篇頌歌《時間開始了》的第二樂章《光榮贊》，寫成後仍送《人民日報》，不料文藝部組長袁水拍嫌長，不擬採用。他便於 12 月 4 日給胡喬木（時任新聞總署署長，兼管《人民日報》）去信，想爭取刊載。胡喬木於 12 月 15 日來電話，說不贊成該詩中的「理論」，拒絕發表。胡風於是轉送《文藝報》主編丁玲，又遭婉拒；再寄天津文聯負責人方紀，載於 1950 年 1 月 6 日《天津日報》。

胡喬木對《光榮贊》中「理論」的批評，是前次來訪時對《歡樂頌》批評的繼續，含有繼續敦促其改造世界觀的意圖。胡風當然知道這一點，但沒有「改造」的意願，更不認為詩中對革命隊伍中的「濁流」、「封建主義私生子」、「敵人的內應」、「人面的動物」的抨擊有何不妥。

1950 年 1 月 8 日，胡風再次致信胡喬木，請他代約周恩來面談。胡喬木又於 1 月 17 日來訪，再次與胡風懇談。談話內容大致有三點：一、解釋周恩來暫時不能接見的原因，「但想談，等再來北京時」；二、對《光榮贊》

〔註10〕 胡風 1949 年 11 月 29 日致路翎信：「我呢，情形有變化。這首詩是一場熱病，等發完了詳談去。打動了神經中樞，派人來說了一些意外的話，在力量上給了最高的承認，但在『理論』上還有問題。」
〔註11〕 《胡風全集》第 6 卷第 115 頁。

提出尖銳的批評，指責他是「精神上的貴族的革命者」〔註12〕；三、答覆胡風前信中表達的「希望能夠解決組織問題的心情」，說「可以考慮」，但不「奉勸」〔註13〕。

胡風對這次談話的結果非常失望，他懷疑周恩來「暫時無時間見面云」是有意的「迂迴」〔註14〕，他堅持要在《安魂曲》中繼續對「人面的動物」施以「猛烈的射擊」〔註15〕，他覺得胡喬木所說的「不奉勸」所表達的「就是拒絕的意思」〔註16〕。

1954 年胡風在「萬言書」中回顧了這段向胡喬木表示入黨意願的經歷，寫道：

> （1949 年 11 月）胡喬木說的「應該和整個共產黨做朋友」，我理解為應該入黨，覺得他把我追隨共產黨的一點心願誇大得太遠了。但第二次這樣提出的時候，他又說：「我並不奉勸你」。我不能不理解為他的意思原來是指我應該放棄對世界對歷史的看法而接受共產黨的。但是，不管我認識得膚淺甚至有錯誤，但我對世界對歷史的看法就是共產黨的看法。我無法回答他。

這裡又透露出一個心理癥結：胡風認為自己早已達到共產黨員的標準，理論上沒有問題，世界觀當然也無須改造了。他的自我評價與胡喬木的看法相差太遠，且又在長詩發表問題上持續地與胡喬木「鬥法」〔註17〕，這樣一來，便堵死了通過胡喬木來入黨的路子。於是，他只能按照彭柏山指出的那條路繼續向前走，「用書面或口頭」向更高層的領導「表白」了。

三、向周恩來提出入黨要求（1951 年 12 月）

1951 年 12 月，胡風向政務院總理周恩來提出入黨要求。

經過不懈的請求，周恩來終於在兩年後接見了他。1951 年 12 月 3 日，從下午三時三刻直到八時三刻，談話時間長達五個小時。這是建國後周恩來第一

〔註12〕 胡風 1950 年 1 月 18 日致綠原信。
〔註13〕《胡風全集》第 6 卷第 115 頁。
〔註14〕 胡風 1950 年 1 月 18 日致路翎信。
〔註15〕 胡風 1950 年 1 月 18 日致綠原信。
〔註16〕《胡風全集》第 6 卷第 115 頁。
〔註17〕 胡風 1950 年 1 月 24 日家書：「『四』、『五』發表事，成了和秘書鬥法的手段了。」

次也是最後一次單獨接見他。

　　周恩來接見之前，照例是先由胡喬木找胡風談話，胡喬木於 11 月 6 日約見了他。胡風回去後，認真「研究」了胡喬木話中的意蘊，在 11 月 14 日的家書中寫道：

　　　　六日晚十二時，秘書約去談話，約一小時。故意那麼晚約去，就是不想多談的意思。……（筆者略，下同）研究以後，問題是清楚了：要我要求入黨。這原因很複雜，但他們下了決心似的：這不解決，他們要壓到底的。……這次見到父周，主要的是談這個問題。

　　不出所料，周恩來約見時重點談的果然是「組織問題」。胡風在當天的家書中復述了談話的部分內容，如下：

　　　　剛才回來。三時三刻談起，吃了晚飯，快九點了才辭了出來。談了這久，態度和藹，不能不說是優厚了。結果不出所料：1. 要參加集體生活（工作），注意年輕人應該，但也要和同時代人合作，互相討論，糾正錯誤；2. 對黨要提出要求，要更好地發揮力量，云云。……（筆者略）——還有，就是我提出了要求參加黨，也一定要一審再審的。所以，此事不必告任何人。鬧了許多年，結果還是這麼一個問題。就第一個問題說，這是要我把這些「同時代人」都當作同志，第二個問題則是，要糾結在一起，否則，不承認你。

　　周恩來的意見很明確：一、要和同時代人合作，糾正錯誤；二、要主動申請入黨。他的這兩條意見早在前兩年已通過胡喬木多次向胡風轉達過，前文已經述及。

　　如果說，胡風不太在意胡喬木提出的批評意見，是出於對其作派的厭惡〔註18〕；那麼，他對周恩來的批評和建議產生牴觸情緒，則另有歷史的與現實的原因。他在其後的家書中多次提到對周恩來談話的看法。12 月 12 日的家書中有如下一段，非常尖銳：

　　　　他（指周恩來，筆者注）有氣魄，他全心為黨，然而，幾年了，還留著強不知以為知的那一種好勝的癖氣。你想，以他的地位，稍有偏差，那結果就不難想像了。

　　「強不知以為知」，擱在周恩來的身上，似乎並不恰當，這且不論；既然道不同不相為謀，胡風似乎沒有必要再按照彭柏山指出的那條路，通過周恩來

―――――
〔註18〕胡風在 1949 年 6 月 9 日日記中寫道：「得胡喬木信，官架子十二萬分。」

申請入黨了。然而，實際情況卻不然。就在周恩來接見後的次日，他又致信周恩來，直接向高層領導人表達要求入黨的意願。不管其動機如何，都是值得鼓勵的。但他卻在 12 月 4 日的家書中奇怪地寫道：

> 今天給父周（指周恩來，筆者注）寫了信，明天送出，表明了政治要求，申請審查。也許要耍一套罷。親愛的，在這個神聖的事業面前，我一切都可以忍受，但擔心的是，和那些少爺、奶奶們在一起纏，真不知會浪費精力到哪一步！

既打心眼裏不願「糾合」，為何還要主動地「表明……要求」呢？既「申請審查」，為何又擔心對方「要耍一套」（「一審再審」）呢？他的所思與所為是背反的。

不久，他便開始在家書中傾訴「和那些少爺、奶奶們在一起纏」的痛苦。12 月 10 日丁玲邀請他到中央文學研究所參加「整風學習」會議，該所秘書長田間帶頭作自我批評，中宣部文藝處副處長嚴文井、全國文聯副秘書長舒群出席，會後邀請他「一道吃飯」。他在當天的家書中感慨地寫道：

> 看情形，他們已經知道我已向父周表示了「政治態度」。那麼，顯然地，這也是故意先給我一點「溫暖」罷。但聽一聽他們的情形，這文壇，實在只靠一點「政治」維繫著。照我看，上面也不得不多少明瞭一點，因而對我們這類人更加緊壓迫了。

也許，這幾封家書中流露的對「上面」的看法只限於對文藝領域的那些具體的「黨代表」而言罷。在其他的場合，對其他人，他通常會換一種心境，換一種說法。就在這年的 5 月，他收到其子曉谷的來信，稱已申請入黨，並徵詢他的意見。他於 5 月 22 日覆信道：「我的意見，你應該是想得到的。做一個改造歷史、創造歷史的偉大部隊裏面的正式的士兵，應該為你高興，為我和你母親驕傲的。」這應該也是他的真實想法。

胡風向周恩來提出入黨要求後，似乎並沒有得到積極回應。一年後他在家書（1952 年 10 月 12 日）中猜測個中原因，認為是與周恩來面談時說的某些話，「起了反效果。因為我暗示了解放後這一線走錯了路，那使他不高興（是他領導的）」。

四、向毛澤東表達入黨意願（1952 年 5 月）

胡風第四次表達要求入黨的意願是在 1952 年 5 月。

胡風受到周恩來接見後，於 1952 年 2 月返回上海，他的計劃是：「在上海參加一下工廠的民主改革（後來是參加了「三反」），整理一下自己和積存材料等，搬京後申請解決組織問題……〔註19〕」

不久，由於情況變化，這個計劃提前了。3 月間，他從多個途徑獲知有關方面正醞釀著對他的文藝思想進行公開批判，便與友人商討是否再給周恩來去信請求約見的問題。3 月 17 日他給謝韜去信，囑咐他就「要求見面提出的事……找一機會和路、徐二兄（指路翎和徐放）詳細考慮一下。把他們的看法告訴我。」3 月 27 日他給路翎去信，商議「要不要寫信」、是否「要求再見面」、是否要求「討論」等問題。盧甸的答覆很簡單，稱再給周恩來寫信為「爭取主動」；路翎、徐放的意見更明確，提出：「現在需要提出工作、遷京的問題。甚至同時再表示出對組織的要求。這樣做可以明確這樣的事實；自己是不斷地如此要求的。如不回答，再寫信，主動地、積極地。〔註20〕」

1952 年 5 月 4 日，胡風給周恩來寄出求見信，並附了一封給毛澤東的信，兩信迄今尚未面世，其主要內容可從他與友人的同期來往通信中窺得一二——

5 月 11 日胡風覆路翎信，談及 5 月 4 日致毛澤東、周恩來信的主要內容：

> ……（筆者略）我去了信，並把《通報》內容摘要寄去。要求見面，要求在領導下工作，並給主席信，要求直接得到指示。並提出，我如果討論起來，是否又犯了黨的作家們。看有無回信，如何回信。遲不回信時，再考慮。

信中雖未明言已向中央最高層領導提出入黨要求事，但從「要求在領導下工作」及「要求直接得到指示」等措辭中，仍可讀出兩信中已充分表達出了這樣的意願。

周恩來沒有即時回信，而是先將這兩封信都交由辦公室副主任陽翰笙轉周揚閱。周揚於 7 月 23 日致信周恩來，對胡風信中的「控告」〔註21〕作了解釋，並彙報了將由中宣部組織召開「討論胡風理論的小型文藝座談會」的

〔註19〕《胡風全集》第 6 卷第 122 頁。

〔註20〕路翎 5 月 8 日致胡風信。

〔註21〕胡風 1952 年 10 月 12 日家書：「那封信，向他自己控告了他的幹部。」信中的「那封信」指的是 5 月 4 日致周恩來信，「他」指周恩來，「他的幹部」指周揚、丁玲、馮雪峰等。

工作計劃。

7月27日周恩來在周揚信上批示〔註22〕：

周揚同志：

　　同意你所提的對胡風文藝思想的檢討步驟，參加的人還可加上胡繩，何其芳，他們兩人都曾經對胡風進行過批評。不要希望一次就得到大的結果，但他既然能夠並且要求結束過去二十年來不安的思想生活，就必須認真地幫助他進行開始清算的工作。一次不行，再來一次。既然開始了，就要走向徹底。少數人不成功，就要引向讀者，和他進行批評鬥爭。空談無補，就要把他放在群眾生活和工作中去改造，一切都試了，總會有結果的。

周恩來

七月二十七日

「要求結束過去二十年來不安的思想生活」一句錄自胡風的來信，其含義不難揣測，指的是要求改變長期以來徘徊於黨外的那種狀態。

　　同日，周恩來給胡風覆信，並委託周揚轉交，信中寫道〔註23〕：

胡風同志：

　　五月四日你給我的來信和附件均收閱。現知你已來京，但我正在忙碌中，一時尚無法接談，望你與周揚、丁玲等同志先行接洽，如能對你的文藝思想和生活態度作一檢討，最好不過，並也可如你所說結束二十年來的「不安」情況。

　　舒蕪的檢討文章，我特地讀了一遍，望你能好好地讀它兒遍。

　　你致毛主席的信我已轉去。

　　致以

敬禮

周恩來

七，二十七

　　信中也提到「你所說結束二十年來……」，由此可以推斷，胡風在致周恩來的信中所表達的正是要求入黨的強烈意願。而周恩來則暗示：能否批准入黨，尚須考察其「對文藝思想和生活態度」檢討的程度。

〔註22〕轉引自林默涵《胡風事件的前前後後》，原載《新文學史料》1989年第3期。
〔註23〕轉引自林默涵《胡風事件的前前後後》。

　　胡風非常清楚周恩來的暗示，第二天便開始撰寫「關於態度的檢討」。他在 8 月 6 日家書中寫道：「這所謂『態度』，就是個人對組織的關係，也就是二十年以來損傷了『大』字人們的一筆賬。」所謂「大字」，應為「大寫」之誤，是借用高爾基對布爾什維克的一句贊詞，喻中共組織。

　　還有一個不能不探討的問題，胡風為何要在致周恩來的信中附上給毛澤東的信呢？答案也在他 5 月 11 日覆路翎信中，信中稱：「還有一傳說：主席看過《路》（指胡風的長篇論文《論現實主義的路》），說，提法對，結論也對，分析有錯誤云。根據這，我去了信……（筆者略）」他認為毛澤東較之周恩來對他的文藝思想有著更多的理解，於是萌生了想從毛澤東「直接得到指示」的願望。

　　當年，他曾與友人聶紺弩談過內心的想法，聶在 1955 年的一份「材料」中曾交代道：「很久以來，胡風認為和毛主席談一次話，問題就可以解決。我跟他的看法相反，認為他所說的文藝問題，如果周總理、胡喬木、周揚、喬冠華、林默涵等同志都不理解，那就太難理解，說不定毛主席也不理解。他不應把希望寄託在毛主席身上，而是自己好好檢查一下思想。〔註 24〕」

　　毛澤東收到周恩來轉去的胡風信後，是否閱過，是否有過指示，尚不得而知。

五、向邵荃麟提出入黨要求（1953 年 1 月）

　　胡風第五次表達入黨意願是在 1953 年 1 月。

　　1952 年下半年，在中宣部主持下，「胡風文藝思想討論會」共舉行了 4 次會議（9 月 6 日、11 月 26 日、12 月 11 日和 12 月 16 日），會上確定了胡風文藝思想「反現實主義」、「反毛澤東文藝思想」的性質。

　　胡風在討論會期間共寫過兩個「檢討」，其一是周恩來要求的「關於生活態度的檢討」（《一個時代，兩個中國》），其二是周揚等要求的「阿 Q 供詞」（《一段時間，幾點回憶》）。第一個檢討於 7 月 29 日起筆，8 月 10 日改定，在第一次會議之前送交周揚；第二個檢討於 10 月 27 日起筆，11 月 15 日改定，在第二次會議之前送交周揚。胡風為何急於承認錯誤，將自己置入如此被動的地位呢？1954 年他在「萬言書」中作了解釋：

　　　　我一面檢查自己，一面等待開會。但這時候從其他工作崗位的

〔註 24〕《聶紺弩全集》第 10 卷第 61 頁，武漢出版社 2004 年版。

同志得到了暗示：這情況不是僵持起來了？這完全出乎我的意外。還傳來了這樣的意見：別人提意見也提不出什麼的，開會不過是形式，不要以為意見提得那樣嚴重就真是那樣，還是就可以檢討的檢討；黨是愛護我的，檢討了不會對我苛求，但不檢討我就決不能解決組織問題，除非從此擱筆；不檢討，我自己無所謂，但和我有關係的青年就要吃苦了……。我這才領悟到：並不是現在要把理論問題弄清楚，主要地是要我通過理論問題在群眾面前表明對黨和黨員同志們的態度。〔註25〕

「我自己無所謂」，似乎有點言不由衷；但「不檢討我就決不能解決組織問題」，卻是心裏話。還有一個佐證，當年 10 月 11 日下午他去戲院觀摩地方戲會演，與胡喬木寒暄了幾句，他在回憶文章中寫到當時的情景及心理活動：

到北京住在文化部等討論問題時，當時地方戲會演，一次在劇場裏遇見了胡喬木。他坐在第一排，我在第二排他的座位後，他側過面就可以交談。上次離北京前，他不願見面談話，這次是整我的理論，我更不好要求和他見面談話。現在坐在一起，提到我在等候討論理論，他說：頂好抓緊時間，國家要人。我說，我當然不願意多浪費同志們的時間。他說，他們沒有什麼，我是說你自己……（筆者略）終場時，他送我到劇院前面，緊握著我的手好一會不放，我卻不知道說什麼好。現在想，他當是希望我寫一個檢討過關，馬上要求入黨的。

「我是說你自己」，道破了問題的實質；「寫一個檢討過關，馬上要求入黨」確是胡風的心聲。

12 月 16 日「胡風文藝思想討論會」開過了最後一次會議，周揚在會上明確宣布：「胡風這樣的文藝思想，脫離人民，脫離階級鬥爭，而還要來指導文藝運動；直接對抗無產階級的領導，而還要自命為無產階級的現實主義。這是最為危險的。」他責成胡風寫出公開檢討，並說：「如果不能自我批評，或做得很不徹底，那就一定要有（公開）批評來幫助他。〔註26〕」但胡風卻認為，

〔註25〕《胡風全集》第 6 卷第 129～130 頁。

〔註26〕舒蕪：《參加胡風文藝思想討論座談會日記抄》，載《新文學史料》2007 年第 2 期。

檢討已作過了兩個，沒有必要再作「公開檢討」〔註 27〕；還認為，自己已讓了步，上面可以知足了，應該考慮解決他的入黨問題了。

1951 年 1 月 28 日，他去中南海面見中宣部副秘書長邵荃麟。這次談話的內容也被寫進「萬言書」中，文中有如下一段：

> 我向他提出申請解決組織問題。我不提出能夠通得過的檢討就不能解決組織問題，早已有同志告訴過我了；還有同志忠告過我，現在提組織問題一定被拒絕，等檢討了自然會有人找我談的。現在向邵荃麟同志提出，是經過了慎重考慮，以為非提出不可的。這是為了表明：理論問題只有在黨底原則下才能解決，希望同志們相信我是要盡可能在黨底莊嚴的鬥爭要求下面，在黨性底要求下面對待問題，對待自己，也對待同志們的。關於這，他的回答是，理論上不先求得一致，怕困難，但要問一問看。這是我意料中的回答。我只希望他把我的申請轉達。〔註 28〕

「理論問題只有在黨底原則下才能解決」，是對彭柏山 1949 年 11 月 7 日信中「一切問題，只有到黨內來，才有是非，才有結果」的變通引用。

邵荃麟是否把胡風的申請向有關方面轉達，不得而知，但後來他沒有再同胡風談過入黨問題，卻是事實。

上面等了將近一個半月，胡風仍未交出「能夠通得過的檢討」。於是，按照既定的方針，中宣部組織了對胡風文藝思想的公開批判。1953 年 1 月 30 日林默涵的批判文章《胡風的反馬克思主義的文藝思想》在《文藝報》第 2 號發表，次日為《人民日報》轉載。2 月 15 日，何其芳的批判文章《現實主義的路，還是反現實主義的路？》又在《文藝報》第 3 號上面世。

此後，他的入黨問題便愈發渺不可期了〔註 29〕。

小結：胡風組織問題的歷史癥結

也許單從建國後的經歷來考察胡風組織問題的癥結是不夠的，喬冠華不

〔註 27〕 胡風 1952 年 11 月 17 日家書：「論理，應該可以滿足了，發表一下，收個場，也就滿光彩了。」
〔註 28〕 《胡風全集》第 6 卷第 133～134 頁。
〔註 29〕 胡風晚年在《簡述收穫》中寫道：「我不願現在（指 1953 年前後，筆者注）申請入黨，就是怕做組織工作或領導工作。」此說失實。《胡風全集》第 6 卷第 681 頁。

是讓胡風「回憶一下歷史情況」嗎？直言之，胡風的組織問題擱置得也太久了。

曉風也持著這樣的看法。她在一次訪談中說道：

> 父親一直自認為是左派的，他從來不願加入民主黨派，不肯當民主人士，如果你拿他當統戰人士對待，他會覺得對他是個侮辱。他只想加入共產黨，在日本曾經加入過日共，回國後，他提出黨籍問題，周揚、陽翰笙等人沒理會，馮雪峰三次跟他說已經批准他入黨了，又三次跟他說黨內更難弄，還是別入了，所以他最終並沒解決黨籍問題。〔註30〕

「回國後，他提出黨籍問題」，說的是 1933 年從日本返國後曾向左聯黨團組織要求恢復黨籍的事；「馮雪峰三次跟他說已經批准他入黨了」，說的是 1936 年馮從陝北來到上海後向他承諾的事。這兩椿事情都曾發生過，但這些都並不是「他最終並沒有解決黨籍問題」的原因。

先說 1933 年事。胡風於 1931 年在日本留學時曾集體加入日共，他在回憶錄中寫到入黨的過程：「方翰介紹接上了日本反戰同盟的關係，約我和王承志參加了，成為一個中國人小組，同時也是日共《赤旗報》的讀者小組。後來日共領導通知，這個小組被批准為日共黨員小組。並沒有經過個別申請，上級談話等手續，都是由方翰和上級領導等聯繫的。〔註31〕」1933 年 3 月該小組成員因「宣傳抗日」等罪名被捕，同年 6 月胡風等被驅逐回國，次年 3 月方翰、王承志也被驅逐回國，先後失去了與日共的組織聯繫。當年，日共中的中國籍黨員似乎並不能自然地轉為中共黨員，他們仍得履行申請加入中共的相關手續，只是批准後可以沒有「預備期」。方翰（何定華）便是這樣完成「轉黨」的，他在回憶文章中寫道：

> 我到上海，幾次同他（指胡風，筆者注）詳談被捕和坐牢的細節，也坦率交心對今後的打算。馬亞人（馬純古）要介紹我加入中共，徵求胡風的意見，並問胡風是否願意加入中共，胡風說將來由左聯決定。他贊成我加入中共。我寫了熱情洋溢的長篇申請書交給馬亞人，隨即勸說胡風也加入中共。他說，已同馬亞人談過。我又問王承志（馬亞人也問過）是否願意入黨，王搖頭，要先回漢口省

〔註30〕許水濤：《「哀莫大於心不死」的胡風》，載《文史精華》2006 年 10 期。
〔註31〕《胡風全集》第 7 卷第 283 頁。

親（他家在漢口開設油行及其他商店，是個不小的資本家），弄一筆
經費回上海。我是同年四月由上海文總許滌新同志通知，已經中共
文委林伯修同志批准我入黨，沒有候補期。〔註32〕

按照方翰的說法，胡風沒有及時「轉黨」是還沒有提出要求（「將來」），
他原本是可以通過其他的途徑加入中共的，但他不願意，堅持要通過「左聯」。

胡風在回憶錄中也談到「轉黨」事，寫道：

據我所知，方翰、王達夫（即王承志，筆者注）回國後都沒有
能接上黨組織的關係。我在左聯時，向陽翰笙或周揚提過這個問題，
他們要我寫申請書，我遲疑著沒有寫。我考慮如恢復了關係，在馮
雪峰（包括魯迅）和周揚等的矛盾中很難處。到馮雪峰進蘇區去了，
我覺得這個矛盾可以克服了，就再提了一次。但他們這次沒有任何
表示，我也就不好再提了。但馮雪峰和樓適夷是知道我們的情況的。
那時，我們也實在無法找日共組織證明。〔註33〕

由此可知，胡風曾於 1933 年至 1934 年間兩次向左聯黨團組織提出「轉
黨」要求：第一次是在馮雪峰離滬前（1933 年 12 月），左聯黨團組織負責人
要他寫申請，他「遲疑著沒有寫」。第二次是在馮雪峰離滬後，他提出要求，
他們卻「沒有任何表示」。

上述回憶有很多失記處：他第一次提出「轉黨」要求時，方翰、王承志還
沒有「回國」（1934 年 3 月），他「遲疑」著不寫「申請書」，與同一日共小組
成員回國後的遭遇並沒有關係；他第二次提出「轉黨」要求時，方翰已經「接
上與黨組織的關係」，他卻說要通過「左聯」，此事已見上述。順便提一句，建
國後胡風也曾多次向上級提出口頭或書面的入黨要求，但仍未寫過「申請書」。
至於「無法找日共組織證明」，當然也是障礙之一。但自方翰（日共黨小組長）
回國且加入中共後，這個障礙其實已不存在。

夏衍是歷史在場者，他的說法也與胡風不同。他認為：胡風第一次提出「轉
黨」要求時，他因不暸解胡風而不願與馮雪峰一起擔任他的入黨介紹人。1979
年他回憶道：「1933 年馮即將離開上海到中央蘇區之前……對我說：我們兩個
介紹胡風入黨，你看好不好。這件事使我感到突然，因為我沒有精神準備，當
時我認識胡風不久。我只能說，我們不熟，過一段時間再講。」胡風第二次提

〔註30〕何定華（方翰）：《胡風的青少年時期》，載《湖北作家論叢》1987 年第 1 輯。
〔註33〕《胡風全集》第 7 卷第 292 頁。

出「轉黨」要求時,「(1934 年) 李少石同志擔任江蘇省委宣傳部長的時候,曾問過我:胡風這個人怎麼樣?我說不太詳細,不過,他還能寫點文章。李說,據我們所得到的情報,胡風跟南京國民黨方面有關係,今後你們要注意。〔註34〕」上級已對胡風的「政治問題」有所懷疑,他們當然不會有「任何表示」。

再說 1936 年事。當年 4 月馮雪峰受中央委派從陝北來上海工作,中央給的任務有四個,第三個是「瞭解和尋覓上海地下黨組織,取得聯繫,替中央將另派到上海去做黨組織工作的同志先作一些準備」,第四個是「對文藝界工作也附帶管一管,首先是傳達毛主席和黨中央的抗日民族統一戰線政策。」〔註35〕簡言之,即承擔著與上海地下黨聯繫及組織文藝界抗日統一戰線的重任。抵上海的當月,他便與魯迅、胡風商議提出「民族革命戰爭的大眾文學」口號,引發「兩個口號的論爭」。其後,馮曾三次「熱心地主動地」提出要解決胡風的「黨籍問題」,但又「反覆了三次。什麼原因他沒有說」〔註36〕。其實,個中原因不難揣測,「國防文學」派已將胡風視為挑起左翼文藝界內鬨的罪人,上海「文委」、「臨委」絕不會批准胡風入黨,馮雪峰的意見在黨內不能被通過。

抗戰初期,胡風仍有機會解決組織問題。1937 年 10 月,他從上海回到武漢辦刊物,見到了正在籌建八路軍武漢辦事處的董老。他在回憶錄中寫道:「我向董老報告了在上海和馮雪峰的組織聯繫、工作情況以及現在的工作打算。董老勉勵我,說,現在好了,隨時都在直接聯繫中,只要注意和總的統戰任務靈活結合起來,就好了。」不久,長江局「組織了一個調整文藝領域工作的小組。博古以外,有何偉、馮乃超和我。這個四人小組,每週開會一次,報告文藝界的情況,交換工作意見……這個小組一直繼續到抗敵文協成立。〔註37〕」應該說明的是,這個「四人小組」中,博古時任中共長江局組織部長,何偉時任中共湖北省委宣傳部長,馮乃超時任長江局文委委員,只有胡風一人在黨外。如果說,胡風在上海未能解決組織問題的主要原因是由於馮雪峰與周揚等人的宗派糾紛;那麼他在武漢時已完全不存在著這個障礙,為何仍沒有解決呢?恐怕是他根本就沒有提出要求,滿足於繼續做「黨外的布爾什維克」罷!附帶提

〔註34〕夏衍:《一些早該忘卻卻而未能忘卻的事》,載《文學評論》1980 年第 1 期。
〔註35〕包子衍:《雪峰年譜》第 77 頁,上海文藝出版社 1985 年版。
〔註36〕《胡風全集》第 7 卷第 163 頁。
〔註37〕《胡風全集》第 7 卷第 355～356 頁。

一句，若干年後，便有「（胡風）向董老（武漢時候）要求過高爾基的待遇」之類的說法傳揚開來。所謂「高爾基的待遇」，無非是「黨外布爾什維克」的別稱罷了。馮雪峰、聶紺弩、熊子民都聽到過這個傳言〔註38〕。

　　建國初期，胡風在入黨問題上的一波三折，其歷史癥結也許就在這裡。

2007/10/23 草

〔註38〕參看胡風 1951 年 11 月 4 日和 1952 年 10 月 12 日給梅志信。

2008 年

樓適夷在「反胡風運動」中〔註1〕

　　筆者在《隔膜與猜忌：胡風與姚雪垠的世紀紛爭》（河南大學出版社 2006年出版）的「尾聲」中曾述及當年文藝界人士在「反胡風運動」中的各種表現，寫道：「在批判胡風的運動中，許多知名的文藝界人士都曾被動或主動地『表態』或『深入揭露』。他們大都與胡風有過交往，而當他們的參與超出了『表態』而到達『揭露』的層次時，由於沒有了人事方面的顧忌，有時也吐露出一些在正常的環境下所不能明白道出的『心聲』。」接著，筆者詳述了姚雪垠當年如何「興高采烈」地撰文參與批判胡風的過程，還順便提到樓適夷如何在「反胡風運動」中「僥倖逃脫」的小插曲，並引證了他的一段回憶：

　　　　（運動中）有人找我談話，1946，47 年在上海《時代日報》工作時，為什麼發表了「胡風分子」那麼多文章。果然「東窗事發」，這一回不是隔岸觀火，而是火燒到身上來了。其實那時《時代日報》除了我這個副刊，還有（葉）水夫編的一個《星空》，算起來也發表不少這類稿子。《時代日報》負責的是姜椿芳，三個人檢討得不壞，《文藝報》發表了，《人民日報》也轉載了，而且都得到了稿費，便聯合在北京的陳冰夷、林淡秋「時代」同人五個人到四川飯店大吃了一頓。吃得酒醉飯飽，高興自己過了「關」，可沒想到胡風怎麼在過日子。〔註2〕

　　樓老把「逃脫」過程寫得很簡單、很輕鬆，實際情況卻是相當複雜、相當沉重。

〔註 1〕 載 2008 年 2 月《悅讀》第 6 卷。
〔註 2〕 樓適夷：《記胡風》，《我與胡風——胡風事件三十七人回憶》第 2～10 頁，寧夏人民出版社 1993 年版。

他是胡風的老朋友，早在 1932 年冬便與胡風相識，比聶紺弩晚一年，與馮雪峰同時。他還是胡風人生經歷中幾個重要時期的見證人：胡風在日本從事所謂「一些不可告人勾當」的時候（1932 年至 1933 年），樓曾受「上海臨時中央」的委派赴日本，通過胡風的關係找到日共中央，商談「遠東泛太平洋反戰會議」籌備事宜，並受「文總」的委託調解胡風所在的「新興文化研究會」與另一留學生組織「社會科學研究會」的宗派糾紛；胡風在武漢創辦《七月》時期（1938 年），樓曾多次參與胡風以「七月社」名義組織的「座談會」，並與胡風分別擔任《新華日報》副刊「團結」和「星期文藝」的主編，關係一度相當密切；胡風對進步文壇進行「整肅」期間（1946 年至 1948 年），樓進行了積極的呼應，在其主編的《時代日報》副刊「文化版」上大量刊發「胡風派」的文章；胡風為第一次文代會茅盾關於「國統區文藝」報告苦惱時（1949 年），樓曾當面責備胡風「不該不提意見」，傷心得竟至「伏在桌子上痛哭了起來」〔註 3〕……

以樓老與胡風如此深厚的關係，他要想在建國初期「胡風派」與「主流派」的歷次交鋒中「隔岸觀火」，幾乎是不可能的。但他幾乎做到了——

1952 年下半年中宣部召集「胡風文藝思想討論會」，周揚主張讓幾位與胡風有過交往的黨內人士（林默涵、馮雪峰、丁玲等）擔任主要發言人，周恩來則建議再增加「批評」過胡風的胡繩和何其芳。他們都沒提到讓樓適夷參加。

1954 年年底，在全國文聯、作協主席團召集的「關於《紅樓夢》問題及《文藝報》」的第四次會上，「戰線南移」，批判的矛頭突然轉向胡風。黃藥眠、康濯、羅蓀、袁水拍等在發言中都對胡風進行了指責，聶紺弩也站出來揭發朋友胡風「過去反黨，現在反黨」，但樓適夷卻保持著緘默。

1955 年初邵荃麟為作協黨組起草致中宣部和中央的報告，提出一份「為了進行對胡風思想批判」而「都要負責寫出文章」的撰稿人名單，其中有胡風的老朋友馮雪峰、聶紺弩，但還是沒有樓適夷。

樓適夷所以能置身事外，並不是沒有原因的：原因之一是他對文藝理論缺乏興趣，從未參加過「論爭」；原因之二是抗戰期間他沒有去過重慶，沒有捲入胡風與中共南方局文委的衝突；原因之三是解放前夕他曾奉中共華南局工委領導的指示「批評和幫助」過胡風，組織上對他的政治態度是信得過的。第

〔註 3〕《胡風全集》第 6 卷第 113 頁，湖北人民出版社 1999 年版。

三個原因也許是最重要的。1947 年 11 月樓適夷奉命撤往香港後，與邵荃麟、葉以群、聶紺弩分在同一個黨小組。經過一段有組織的馬列主義理論學習，他們逐漸貼近了「毛主席的文藝路線」〔註4〕。1948 年 3 月馮乃超、邵荃麟主持的《大眾文藝叢刊》創刊，發動了對胡風文藝思想的激烈批判，胡風其時尚在上海，便聯絡一些青年作家進行凌厲的反擊，筆仗打得不可開交。1948 年 12 月胡風奉命撤往香港後，中共華南局「文委」委員邵荃麟指派樓適夷出面找胡風談話，想說服他也轉到「毛主席的文藝路線」上來。樓適夷在《記胡風》中憶及這次談話，寫道：

> 在香港工委管文藝工作的邵荃麟同志把我叫去，告訴我：「全國快解放了，今後文藝界在黨領導下，團結一致，同心協力十分重要，可胡風還搞自己一套，跟大家格格不入，這回掀起對他文藝思想論爭，目的就是要團結他和我們共同鬥爭。你同胡風熟悉，你應該同他談談！」這是一個重要使命，我當然是堅決執行，保證完成。我特地把胡風請到九龍郊外的我的寓所裏，和他談了整整半夜……這一晚的談話，大部分是我談的多，他說得少。我談得很懇切，很激動，他看著我一股真誠的樣子，只是微微的笑，很少答腔。看來我的話其實沒有觸到點子上，當然說服不了他，使命算是失敗了。

當年，黃永玉就住在樓適夷的隔壁，曾與聞樓、胡的這次懇談。他在《比我老的老頭》一書中憶及：

> 一天快吃晚飯的時候，胡風先生找適夷先生來了。適夷夫人黃福煒在新四軍還在什麼解放區當過法官，人很善良精明，可是她不會做菜，還向我愛人「借」了兩個菜請這位貴客。胡、樓二位先生就這麼一直談到三更半夜，其中樓先生又敲門來「借」點心。可惜我當時不懂事，聽不懂他們談的什麼內容，只覺得胡先生中氣十足，情緒激憤。樓先生是個厚道人，不斷說些安慰調解的話。

樓適夷雖有「堅決執行」上級指示的黨性，卻「談不出什麼道理來」〔註5〕，結果當然是「說服不了」；胡風「情緒激憤」，是詫異於昔日的朋友為何都這麼

〔註4〕 聶紺弩 1948 年到香港後，與以群（黨小組長）、張天翼、沈力群、孟超、樓適夷等在同一黨小組參加活動，在香港集中學習了馬列主義的一些基本著作，如斯大林的《列寧主義問題》、《聯共（布）黨史簡明教程》、《列寧文選（兩卷集）》等。《聶紺弩全集》第 10 卷第 404 頁，武漢出版社 2004 年版。

〔註5〕 樓適夷：《我談我自己》，載《新文學史料》1994 年第 1 期。

快地翻臉，桂林時期（1942 年至 1943 年）邵荃麟的文藝思想與他很接近，如今卻提出要批判「所謂追求主觀戰鬥精神的傾向」〔註6〕；重慶時期（1943 年至 1944 年）喬冠華曾與他一起反對整風中的「用教條主義反教條主義」傾向，如今卻把他自己首創的「到處都有生活」觀點不點名地批判一通〔註7〕；上海時期（1946 年至 1947 年）樓適夷曾公開發表文章，全力支持他們對文壇進行的「整肅」〔註8〕……一到香港來，他們就全變了。樓、胡的這次長談是中共文藝領導在全國解放前對胡風的最後一次「批評和幫助」，「使命算是失敗了」，但樓的「黨性」卻長留在邵荃麟等文藝領導人心中。順便說一句，樓的「黨性」之強，曾一度達到了令老朋友聶紺弩咋舌的地步。聶在「反胡風運動」中曾被「隔離審查」，事過之後，他與樓有過談話，「樓適夷問我在反省期間是否相信黨，我說，當我承認我是胡風分子，是反革命的時候，就是最不相信黨的時候。他說，即使送你去槍斃，你也應該相信黨。我說我很慚愧，我就是沒有達到這一步。〔註9〕」

建國後，上層從未視樓適夷為「胡風派」，也許與認為他的「黨性」比較堅定不無關係。

因此，「反胡風運動」深入開展後，樓老「隔岸觀火」的好日子還持續了一段時間。

在運動的第一階段，即《人民日報》號召「提高警惕，揭露胡風」的時期（5 月 18 日起），樓適夷發表了第一篇表態文章《真面目掩蓋不住了》〔註10〕，文中除了大量引用該報「第一批材料」中的文字之外，也披露了一點「心聲」。他寫道：

> 長期以來，黨的文藝工作者和黨外的進步作家們，不斷地對胡風做了許多批評和幫助，耐心地等待他的自覺。而胡風不但完全拒絕批評，拒絕檢討，而且加緊了他進攻的部署，一直發展到向黨中央提出他的所謂意見書，並認為紅樓夢問題的討論和對《文藝報》的批評，是他公開向黨進攻的最好的時機，而終於徹底地暴露了他的反黨的猙獰的面目。

〔註6〕 邵荃麟執筆：《對當前文藝運動的意見》，載 1948 年《大眾文藝叢刊》第 1 輯。
〔註7〕 喬木（喬冠華）：《文藝創作與主觀》，載 1948 年《大眾文藝叢刊》第 2 輯。
〔註8〕 適夷：《整肅隊伍》，載 1947 年 5 月 20 日上海《大公報》。
〔註9〕 聶紺弩：《檢討》，《聶紺弩全集》第 10 卷第 297 頁。
〔註10〕 適夷：《真面目掩蓋不住了》，載 1955 年 6 月 8 日《人民文學》6 月號。

文中說「黨的文藝工作者」曾對胡風進行過「批評和幫助」，當然包括 1949 年初他在香港與胡風的那次「失敗」的談話。不過，以樓老對胡風的瞭解，他本不該輕信報紙上的所謂「材料」，而應有自己的判斷。為何人云亦云？樓老晚年曾對此有過自省，他在《記胡風》中寫道：

> （胡風派）從文學流派的所謂「小宗派」，一下子突然變成「明火執杖的反革命集團」，這還得了！當然得積極響應。《列子》中有一條寓言，某翁丟失了一把斧子，懷疑是鄰人某某所偷，暗中窺查，越看越覺得這某某很像是偷斧子的人。不管什麼老朋友，大義滅親，我就是這樣，以為胡風真是偷了斧子了。

這是時代的侷限性！那時人造的階級鬥爭急風暴雨仍在神州大地上肆虐，集體無意識的領袖崇拜已外爍為時代精神，剛經歷過「鎮反」、「三反」、「五反」的善良的人們絕不敢對黨報有任何懷疑，他們寧可懷疑自己的眼睛和頭腦，犧牲自己的親人和朋友。「疑人偷斧」，這是何等可悲的歷史宿命！

在運動的第二階段，即《人民日報》號召「堅決徹底粉碎胡風反革命集團」的時期（5 月 31 日起），樓適夷又發表了第二篇表態文章《刻骨銘心的教訓》〔註 11〕，文中除了沿襲報紙上的一些套話外，也披露了一點「心聲」。他寫道：

> 從這個勝利中，我們所得到的教訓，也是深刻的。這是一個用怎樣的代價所換來的勝利？不是一個短的時期，而是二十多年，這個革命的叛徒，美蔣匪幫的最忠實的狗，死硬的階級敵人，潛藏在我們的隊伍裏，日日夜夜地進行其從內部來破壞革命的陰謀。他們把中美合作所訓練出來的特務送到我們黨裏來了，我們接受了；他們把蔣介石的信徒，胡宗南的走狗送到我們文化工作的崗位上來了，我們接受了；他們把惡霸地主、還鄉團員、對人民有血債的分子送進我們國家的文化機關裏來了，我們也接受了；他們拉走了我們隊伍中一些蛻化變節的分子，讓他們在我們的組織內替他們當坐探，我們不知道；他們在到處散佈對黨對人民的瘋狂的仇恨，我們不知道。我們把最可怕的階級敵人當做自己的朋友，和他握手，對他微笑，團結他，爭取他，認為他們只是思想上有問題，善意地幫助他們，耐心地等待他們，以為最後他們一定會被黨和人民的力量改進，這是怎樣的一種『天真』和麻痺。

〔註 11〕適夷：《刻骨銘心的教訓》，載 1955 年 6 月 30 日《文藝報》第 12 號。

　　三個「我們接受了」，兩個「我們不知道」，一個結論「這是怎樣的一種『天真』和麻痺」，前兩點是沿襲報紙上的說法，後一點是具有個性的表述。「我們」與「他們」之間「二十多年」來的界限劃得非常清楚，實際上卻是貌似清醒實則糊塗的認識。順便說一句，時人常以「天真」或「老天真」來喻樓適夷，這是對他在某些歷史階段中政治上的輕信與盲從的恰當概括。晚年樓老在致友人信中曾自省道：「我這人說好聽點叫『天真』……〔註12〕」他也許已經深刻地反思到了這一點。

　　在運動的第三階段，即《人民日報》號召「堅決肅清胡風集團和一切暗藏的反革命份子」（6 月 13 日）時期，樓適夷又寫了他的第三篇表態文章《不要忘記》〔註13〕，竟是一首詩。全錄如下：

　　　　胡風反革命集團的破獲，
　　　　擦亮了群眾的眼睛，
　　　　一個個暗藏的傢伙，
　　　　都現出了他們的原形。

　　　　有的狂妄自大，
　　　　好像只是思想有些毛病；
　　　　有的滿臉陰沉，
　　　　誰也莫測他的高深；
　　　　有的笑口常開，
　　　　見了面總是恭維人；
　　　　有的假裝正經
　　　　看起來好像又幹練又忠誠；
　　　　偽裝得倒是形形色色，
　　　　原來他們卻是一家人。

　　　　就在我們的身邊，
　　　　就在我們的跟前，
　　　　這批反革命分子，
　　　　曾跟我們「握手言歡」，
　　　　稱過「同志」，

〔註12〕適夷：《致王元化信十封》，載《新文學史料》2002 年第 3 期。
〔註13〕適夷：《不要忘記》，載《人民文學》1955 年 8 月號。

當過「朋友」，
還曾一起喝過酒，
卻沒有把他們看清，
等到一揭發出來，
才不覺大吃一驚。

但是不要忘記，
你身邊還有壞蛋呢。
揭穿了這一套偽裝，
還有另一種化身，
這一批是肅清了，
也還會暗藏著另一種。
我們要時刻警惕，
守衛黨和人民的利益，
像守衛自己的眼睛，
連一粒砂子，
也不要讓它吹進。
如果一次又一次地
老是「大吃一驚」，
那麼你，
也會變成革命的罪人。

一九五五年七月十三日（作）

　　樓早年也寫詩，並不以詩名世；中年多搞翻譯，少有詩作。他的這首詩，
所表述的內容大致與上一篇批判文章相同，只是在第三節中加入了「鬥爭未有
窮期」的誓言，所傳遞的正是上層崩緊階級鬥爭弦時發出的嘎嘎聲。「反胡風
運動」進展到這一階段時，所有與胡風有過友誼的人士都有履冰臨淵的危機
感，而樓適夷卻突然來了詩興，似乎仍在「隔岸觀火」的處境及心境中。這當
然是錯覺！未久，他便感受到「東窗事發」的切膚之痛了。

　　在運動的第四階段，即《人民日報》號召「堅決徹底乾淨全部地肅清一切
反革命份子」的時期（8 月 4 日起），「反胡風運動」轉入了「肅反運動」。就
在此時，樓適夷遇到了麻煩，更準確地說，是發現了潛伏已久的危機。他在《憶
胡風》中寫道：「（一天）我無意中發現藏在辦公室抽斗裏一本發信的複寫留底

本，不知何時到一位主持運動者的桌上去了……信稿上查不出什麼『現行』，於是算舊賬，查歷史，有人召我談話……」他在《我談我自己》中更明確地談到：「當時社的另一領導叫秘書偷我的信稿，想把我打成『胡風分子』，沒有打成！」

「算舊賬，查歷史」，很容易就會翻出 1946 年至 1947 年間樓適夷主編《時代日報》「文化版」時的「舊賬」。抗戰勝利後胡風和他的青年朋友們「整肅」文壇，把郭沫若、茅盾、沙汀、嚴文井、姚雪垠、碧野、馬凡陀、田漢、劉盛亞、陳白塵等一大批進步作家綁上祭壇，弄得天怨人怒，已沒有什麼刊物「再敢發表這一派作者的文字」〔註14〕。樓創辦「文化版」後耽心稿件不足，胡風便把積存的稿件源源不斷地送去。樓在《我談我自己》中自述云：「他把阿壟的文章、路翎的文章送來，批評這個，批評那個，我都給他登了，如批評馬凡陀、批評臧克家、姚雪垠、田漢的我都登了。」樓主編的副刊從此不缺稿件，胡風的「整肅」於是得以延續，一拍兩好。由於《時代日報》是「蘇商」辦的，副刊的主編又是知名的進步人士，「胡風派」所造成的不良影響於是更被放大了。直言之，「胡風派」在抗戰後推行「整肅」運動，傷害了許多進步作家，造成了自我孤立的嚴重後果。解放初「胡風派」動輒得咎及在運動中少有人同情，大抵也與此「舊怨」有關。《人民日報》前後刊載的三批關於「胡風集團」的「材料」中，第一批「材料」中的第二類是「一貫反對和抵制黨所領導的由黨和非党進步作家所組成的革命文學隊伍」，第三批「材料」中的第五類是「用種種惡毒的和下流的詞句咒罵革命文藝界的黨的領導，咒罵革命文藝工作者和他們的作品，咒罵黨和革命文藝界對於他們的批評」。這些，都是很能激起「民憤」的東西。從某種角度上看，郭沫若、茅盾、臧克家等在運動中所表現出的積極性，沙汀、姚雪垠等在運動中所表現出的「興高采烈」，都可以得到解釋。

「算舊賬，查歷史」，也很可能會翻出建國後樓適夷同情、關懷、幫助胡風的若干「舊賬」。上面已述及，第一次文代會中，他曾真誠地勸告胡風不要沉默，胡風於是在第二天的小組會上作了發言，並寫出書面意見送交大會主席團；1949 年梅志的《小紅帽脫險記》發表後，各地轉載困難，他曾主動要求由國家出版局來出版單行本，送交編審局被駁回後，他仍據理力爭，鬧到了文化部〔註15〕；1954 年初胡風的處境維艱，他曾與馮雪峰不避嫌疑地去看望胡風，

〔註14〕胡風 1947 年 11 月 1 日致阿壟信，《胡風全集》第 9 卷第 18 頁。
〔註15〕胡風 1950 年 1 月 29 日致梅志信。《胡風家書》復旦大學出版社 2007 年版。

並帶去一份日本作家作品目錄，希望胡風選幾種譯出交人民文學出版社出版。梅志曾感念地談到：「這是他們的好意，不願他的作品遭到和路翎、阿壟一樣的命運，更不願他再寫文章惹禍！〔註16〕」

「想把我打成胡風分子，沒有打成」，事情當然不會如此簡單。樓適夷在《我談我自己》一文中曾略述過「逃脫」的過程，他寫道：

> 後來反胡風時我們就大檢討一番，我和姜椿芳、葉水夫聯合寫了檢討文章發表在《文藝報》上，又在《人民日報》照樣轉載，過了一關。

他們寫的這份「大檢討」題為《胡風反革命集團是怎樣進攻「時代日報」的》，署名為「前《時代日報》編輯部同人」〔註17〕。順便提一句，執筆的這三位「同人」解放初都有相當高的地位，樓適夷時任人民文學出版社副社長，姜椿芳時任中共中央馬恩列斯著作編譯局副局長、葉水夫正在牽頭籌辦中國科學院文學研究所。由於該文發表時間甚晚，未被收入當年各種批判「胡風派」的專輯之中；又由於是集體署名，迄今尚未見有論者將此文與他們掛起鉤來。

筆者在拙著《隔膜與猜忌：胡風與姚雪垠的世紀紛爭》中曾談到樓適夷僥倖「逃脫」的原因之一，寫道：

> 順便提一句，樓適夷等僥倖過「關」的緣因，是因為另有一人頂了罪，那人便是當年《時代日報》派往胡風處拿稿件的小編輯顧征南。他根本就不是「胡風派」，卻被冤枉地牽扯進了胡風事件，無辜地當了 25 年的「反革命」。

「頂罪」說並不是毫無根據。樓、姜、葉三人的那份「大檢討」近三千言，涉及到兩個時段中的若干人：其一（1945 年 9 月至 11 月），揭露「面目比較隱蔽的胡風分子王元化和滿濤」主持《時代日報》副刊「熱風」時期的活動；其二（1946 年底至 1948 年初），揭露胡風派來的「坐探」顧征南在該報擔任「外勤」期間的活動。在此，只引證與顧征南有關的部分，其文稱：

> 到了一九四六年底，他們便派了一個胡風反革命集團的黨羽顧征南，打進到《時代日報》來。當時上海及全國的人民鬥爭的情勢日益緊張，社會各階層對國民黨發動內戰與壓迫民主運動愈來愈感到不滿，經常發生罷工和騷動；顧征南利用《時代日報》外勤力量

〔註16〕梅志：《胡風傳》第 627 頁，北京十月文藝出版社 1998 年版。
〔註17〕該文載 1955 年 8 月 15 日《文藝報》第 15 號，未見《人民日報》轉載。

的不足，以不要名義、不計報酬、代跑新聞的辦法混進報社裏來，表面上裝得非常進步積極，等到騙取了編輯部的信任，就立刻與胡風反革命集團施展裏應外合的手法，執行其當坐探的任務。那時《時代日報》開闢了幾個帶文藝性的副刊，需要大量組織外稿。胡風反革命集團找到了這個空子，便通過顧征南不斷地送來許多胡風分子的稿子。當時《時代日報》為了滿足讀者的需要，並更好地為和平民主的文化服務，吸收來稿一般地比較廣泛，同時認為胡風雖然自有一個「小宗派」，畢竟還是進步陣營內的「朋友」，因此在一九四六年底到一九四八年初一年多的時間內，就在大量湧到的胡風分子的來稿中，採用了其中的一部分，雖然在審查中我們退還了他們來稿的三分之二，但留用的三分之一，仍舊是一個相當的數量。現在檢查起來，幾乎胡風反革命集團大部分主要分子，如阿壠、舒蕪、方然、路翎、揚力（賈植芳）連同胡風本人，都或多或少地在《時代日報》幾種副刊上發表過文章。由於我們政治上的麻痺，使這個報紙部分地被反革命分子利用而進行了反動的宣傳，這實在是一件十分痛心的事情。

樓適夷等人的「大檢討」對顧征南或許有一定影響。顧征南於 5 月 14 日被「隔離審查」，其初始罪狀是由於對周揚 1954 年底的《我們必須戰鬥》一文有意見，曾上書毛澤東為胡風鳴不平，於是被抓了「現行」；繫獄受審時又增加了歷史問題，說他是受胡風派遣打進《時代日報》的「坐探」。平反昭雪之後，顧征南在回憶文章《我所認識的胡風先生》〔註18〕中寫道：「我在《時代日報》工作，那是地下黨直接領導下的戰鬥陣地，卻要我承認是『胡風集團』派進去的『坐探』。其實我進《時代日報》在先，以後才和胡先生來往的。」這裡的「坐探」云云，就是「前《時代日報》編輯部同人」在「大檢討」中為免責而強派給他的。

樓適夷等人的這篇「大檢討」中還有一段也涉及到顧征南，文中寫道：

顧征南在一篇《胡風〈七月〉和〈希望〉》中更露骨地頌揚了胡風，惡毒地咒罵批判了胡風的進步文藝界，在文章最後並大聲疾呼：「是的，以上一切事實，證明在八年抗戰中胡風做了些什麼？那麼，

〔註18〕顧征南：《我所認識的胡風先生》，《我與胡風——胡風事件三十七人回憶》第
731～737 頁。

讓一群侮蔑胡風，妒忌胡風的文化騙子們反省和譴責吧……」

顧征南回憶文章的第三節題為「往事追憶——我寫《胡風〈七月〉和〈希望〉》」，對當年撰寫該文的經過作了認真的澄清。他說這是一篇樓適夷指定的「專訪」，「在訪問胡風以前，樓老向我作了交代，著重的寫胡風為抗戰文藝作出的重大貢獻」，稿成擬題似為《胡風訪問記》，「我將寫好的稿子交給適夷同志，他很少改動就發稿了。題目改為《胡風〈七月〉和〈希望〉》」。這節文字當是顧征南對樓適夷等人所作「大檢討」的非常委婉、隱晦的反駁。

1980 年顧征南曾去探望老領導樓適夷，談話間對當年事有了進一步瞭解。他在回憶文章中寫道：

> 雖然他（指樓適夷）已年過七十，但仍如以前那樣坦率。他一見我說，「反胡風運動」時，因胡風與《時代日報》的關係，我們老姜、冰夷、水夫自然要揭發、表態，就把一切責任都推到你的身上，我們的批判稿在《人民日報》上發表，拿到稿費，幾個人去吃了一頓」，說完哈哈大笑，我聽後真不是滋味。

樓老晚年依然直率，有錯便認錯，即使是對老部下也是如此；顧征南雖然有點鬱悶，但他也明白「君子之過如日月之蝕」的道理。

不過，話又要說回來。即使沒有樓適夷等人的這篇「大檢討」，顧征南也許還是會被打成「胡風份子」的。就在一個月前，上海《文藝月報》（7 月號）已刊載了署名「亦方」的揭露其「現行」的文章《顧征南的罪行》；一個月後（9 月），該文又被收進人民出版社出版的《堅決徹底粉碎胡風反革命集團》第 2 冊，被該書點名的諸人都是已被上層認定的「胡風分子」。

樓老晚年對自己在「反胡風運動」中表現有所反思，他在《記胡風》中寫道：

> 應該感謝後來那場所謂「文化大革命」，使好多人懂得了一種道理，大轟大嗡，是容易把人的頭腦搞昏的，不但懷疑別人，有時甚至自己到底是好人是壞人，也搞不清了。

> 一場悲劇終於落幕了，這不是個人的，而是時代的歷史的悲劇，我們大家的心情都一樣，祝願這樣的悲劇，今後永遠不再重演！

建國初期知識分子獨立意識的喪失，是從建國前個性意識消解於政黨政治的那一刻開始的。而個性意識的復歸，須得從獨立思考重新起步。經歷了幾番時代風雨的洗禮，樓老做到了——

　　樓老是 20 世紀 70 年代文藝界思想解放的先驅者之一，曾為馮雪峰、胡風、吳奚如等蒙難者的徹底平反做過不少工作。早在 1979 年 9 月，他與剛出獄的胡風取得聯繫後，便負責地把胡風對文藝事業發展的書面意見轉送給時任中央秘書長兼中央宣傳部部長的胡耀邦；1980 年他對老領導夏衍的《應該忘卻而未能忘卻的往事》持有異議，即撰文逐條駁斥，並克服種種阻力公開發表；1981 年他在一次作家座談會上談到「我相信黨中央」時，也強調「我也相信我自己」，提倡「應該說老實話，說心裏話」〔註 19〕；1991 年他為牛漢、綠原主編的《胡風詩全編》作序，盛讚胡風「是忠誠的文學戰士」，稱其「用自己整個的生命，譜寫了一篇雄偉莊嚴的文學史詩」；1992 年初他在致王元化信中又寫道：「我佩服他（胡風）卅十年硬不低頭，這一點比雪峰出色。〔註 20〕」他的反思逐漸深入到了較深的層次，不僅不再有輕信與盲從的陰影，還能對數十年的師友有著獨具個性的評價了。

2007/12/25 修訂

〔註 19〕樓適夷：《在一次作家座談會上的發言》，載《新文學史料》2002 年第 3 期。
〔註 20〕適夷：《致王元化信十封》，載《新文學史料》2002 年第 3 期。

聶紺弩在「反胡風運動」中 [註1]

　　在 1955 年的「反胡風運動」中，有一大批文化界人士被打成「胡風集團分子」（下簡稱為「分子」）。綠原先生曾在《胡風與我》一文中概括過這批罹難者的共同點，他說：

　　　　「胡風集團」是指全國解放前後，自胡風和黨的文藝領導人在文藝工作問題上發生分歧以來，在觀點和感情上站在胡風一邊，或者在生活上同胡風有過友誼往來，到 1955 年一齊被扣上這頂大帽子而受到「殘酷鬥爭」和「無情打擊」的一群文化人。

　　實際上，這個概括並不準確。聶紺弩認為，「分子」中「許多人和胡某毫無關係」[註2]。此言不虛：何滿子、何劍熏、曾卓等人與胡風交往甚疏，觀點也不甚相同，卻被戴上了「帽子」，而馮雪峰、聶紺弩、吳奚如、艾青、田間、蕭軍等人與胡風交往甚密，觀點一度相近，卻沒有被打成「分子」。

　　尤其是聶紺弩自己！——儘管所有的「分子」中沒有一個比他與胡風的關係更深，儘管他在「反胡風運動」後期受過三個月的「隔離反省」，儘管他在反省時違心地說過「我比別的胡風分子更胡風分子」的話，但他仍得以幸免。這是什麼緣故呢？

　　當年，有關方面如果存心要把他打成「分子」，根據有一大把：1932～1933 年胡風「在日本從事不可告人的勾當時」，聶是自始至終的參與者；1936 年胡風「挑起兩個口號論爭」時，聶曾撰文《創作口號和聯合問題》進行聲援；1937

〔註1〕收入徐南鐵主編《粵海述評》（廣東省文藝研究所研究書系），嶺南美術出版社 2017 年 12 月出版。

〔註2〕《聶紺弩全集》第 9 卷第 200 頁。

年底胡風在武漢創辦《七月》半月刊時，聶是「同人」之一；1938 年底胡風有意在外埠創辦《七月》的「大眾版」，聶被指定為浙江地區的負責人；1939 年胡風與「旗手」郭沫若為「無條件反射」打筆墨官司，聶作雜文《胡風的水準》拉偏架；1941 年胡風在「皖南事變」後移居香港，聶接手《七月》的編務，並在《野草》上發表胡風的「自傳」表示懷念；1954 年初「高饒」案發，聶參加了懷仁堂召集的黨內高級幹部會議，會後洩密給胡風，胡風受啟發而撰寫以「清君側」為宗旨的「萬言書」；1955 年 4 月「胡風集團」的性質已為中央所確定，聶去上海時竟向彭柏山通風報信，1955 年 5 月 13 日《人民日報》公布了帶「按語」的「第一批材料」後，胡風門可羅雀，他的妻子周穎還去陪胡風夫妻「閒談，玩撲克」〔註 3〕……

　　換上任何一人，只要沾上任何一條，必然會被打成「分子」。然而，聶紺弩卻幸免於難。

　　由此可知，聶紺弩當年未被劃為「分子」，必定有其特殊原因。

　　當然，有關方面如果有心要放他一馬，理由也是有的：1933 年聶、胡同時被從日本驅逐回國，上海「特科」看中了聶留俄時的社會關係，發展其為中共黨員，並派往特務頭子康澤身邊當臥底。胡風曾是日共黨員，卻「遲疑著沒有寫」加入中共的申請〔註 4〕，從此失去組織關係。1937 年淞滬抗戰爆發後，聶即參加了上海救亡演劇第二隊，而胡風卻未被中共上海辦事處（主任潘漢年、副主任馮雪峰）吸收參加任何「有組織的活動」〔註 5〕。1938 年武漢淪陷前，聶紺弩先後奉命赴山西革大、延安魯藝、安徽新四軍，而胡風卻拒絕服從中共長江局的工作安排。1944 年周恩來代表中央派遣何其芳、劉白羽來重慶宣講「延座講話」，胡風看不起他們，稱之為「馬褂」。而聶紺弩卻作《論申公豹》諷刺胡風，稱其「因為自己沒有得到『封神』的使命，心懷嫉妒，在路上與奉得了使命的姜子牙為難」。1948 年中共華南局工委組織在港文藝人批判胡風文藝思想，聶作《魚水篇》挖苦胡風「游泳須在水裏，但在水裏並不就等於游泳」的觀點「非常合乎形式邏輯」。建國後胡風，非常苦惱，曾寄希望於毛澤東。聶卻不以為然，勸告道：「如果周總理、胡喬木、周揚、喬冠華、林默涵等同志都不理解（你的理論），那就太難理解，說不定

〔註 3〕　《胡風全集》第 10 卷。
〔註 4〕　《胡風全集》第 7 卷第 292 頁。
〔註 5〕　《胡風全集》第 6 卷第 351 頁。

毛主席也不理解」〔註6〕；1954 年 11 月初胡風在全國文聯、作協主席團擴大會議上作「猖狂發言」〔註7〕，月底遭到有組織的反擊，聶也登臺發言，斥責道「他（指舒蕪）反黨時和他是朋友，他向黨低頭後又痛恨他」〔註8〕。

中宣部副部長周揚當年十分欣賞聶的表現，在《我們必須戰鬥》的「動員令」中特別引證了他的發言，說道：

> 聶紺弩同志在會上提到了十年前胡風先生在他所主編的刊物《希望》上發表過舒蕪先生有名的《論主觀》——這是一篇狂熱的宣傳唯心論和主觀主義的綱領式的論文……當十年前舒蕪先生宣傳反馬克思主義的唯心論的時候，黨是及時地指出了這種理論的錯誤和它的危險性的，胡風先生卻不聽黨的忠告，對這種錯誤理論狂熱的捧場；而當解放以後舒蕪表示願意拋棄他過去的錯誤思想，願意站到馬克思主義方面來的時候，黨對他的這種進步是表示歡迎的，而胡風先生卻表現了狂熱的仇視。這就是胡風先生對於共產黨和馬克思主義的最典型的態度。

因而，1955 年初「反胡風運動」初起時，有關方面尚能注意到聶紺弩與胡風的區別，不僅未視之為「分子」，而且還讓他當上了運動骨幹。1 月 2 日邵荃麟在為作協黨組起草的「致中宣部和中央的報告」中寫道：

> （6）為了進行對胡風思想批判，必須做好研究工作。作協黨組已經開始約請了一些同志，進行研究，並要求他們都要負責寫出文章。這些同志包括周揚、胡繩、艾思奇、喬冠華、邵荃麟、林默涵、何其芳、馮雪峰、劉白羽、田家英、許立群、袁水拍、聶紺弩、蔡儀、林淡秋、陳湧、王燎熒、康濯、侯金鏡、秦兆陽等。黨外方面，郭老、茅盾均已同意進行研究並寫文章。俟胡風的報告印發後再廣泛地組織各方面人士進行研究和寫文章。

如上奉命「研究」的人士後來都未被打成「分子」。附帶說一句，邵荃麟時任中宣部副秘書長、全國作協副主席和黨組書記，他與聶的關係非同尋常，1939 年在金華、1940～1943 年在桂林、1948～1949 年在香港，他都是聶的黨內連絡人。

〔註6〕《聶紺弩全集》第 10 卷第 61 頁。
〔註7〕《聶紺弩全集》第 10 卷第 138 頁。
〔註8〕《胡風全集》第 9 卷第 73 頁。

1955 年 1 月底,「胡風的報告印發」了,第二、四部分（理論問題）公開
出版,作為《文藝報》1～2 號合期的附頁免費贈送,第一、三部分（人事問
題）內部印刷,只發給某級別以上的幹部。就在該「報告」印發的前後,有關
方面對聶與胡風的關係進行了審查。後來,聶曾在一份「檢查」中追述了當時
的情景:

> 牛汀（即牛漢）說三十萬字的材料是我供給的,不知根據什麼。
> 而且意思也弄不清楚,是三十萬字裏面的材料有我供給的呢,還是
> 都是我供給的呢?是我事先知道他（指胡風）要寫什麼而供給呢,
> 還是不知道呢?我在這裡聲明一點:三十萬字,從他立意寫到寫完
> 送出這一個長期過程中,我一點不知道,絕對未參與過會議或意見。
> 　供給材料之說,也聽見邵荃麟講過,他說:胡風把誰和他談的
> 話都寫進去了,其中也有我說的。為了這事,我曾要到一份「三十
> 萬字」來看過,還沒有發現什麼。當看的時候,不仔細。〔註9〕

筆者查閱了胡風的「萬言書」,發現在第三部分「事實舉例和關於黨性」
中確實有三處提到聶紺弩:一處是解釋左聯時期與周揚矛盾的由來,一處是關
於《七月》為何停刊,一處涉及梅志早年的創作活動。但他只是把聶提出來當
證人,並未引證聶「說的」話。

也許是查無實據,也許是邵荃麟的擔保,也許是周揚的好感,聶平安地通
過了這次「審查」。

聶在第一輪大批判浪潮中撰寫了兩篇表態文章:第一篇是《從文藝源泉問
題看胡風的思想錯誤》（載 1955 年 3 月 6 日《人民日報》）,文章劈頭一句是:
「胡風的唯心主義文藝思想,在每一個基本點上,都是與馬克思主義對立的,
特別與毛澤東同志的《在延安文藝座談會上的講話》的全部論點是對立的。」
結語是:「撕碎胡風的唯心主義的『馬克思主義』的紙外套!」第二篇未發,
批判的是胡風的「精神奴役的創傷論」,稿成後送交周揚審閱,因文章「裏面
說共產黨並不隨便殺人,殺的只是如何如何的人。但把不殺人強調得太厲害,
竟說成『不嗜殺人者能一之』之類的意思了」,遭到了周揚的訓斥。據聶在「反
右」時的一份「檢查」所追述,當時——

> （周揚）那態度嚴厲極了,大聲地、兩目發著威光地說:「共產
> 黨為什麼不殺人!……」又說:「你寫的《水滸》的文章有什麼錯誤,

〔註9〕《聶紺弩全集》第 10 卷第 137～138 頁。

我還沒看！……」（這些話寫在紙面上當然一點不可怕，但當時的聲威卻使我震惶）。我摸不著頭腦，理論上有錯誤，指出了改正嘛，我又沒有堅持錯誤，何必這樣呢？我當時很窘，無話可說。後來周揚同志又和緩地說：「你這是書生之見，馬克思列寧主義還沒有搞通」……我心裏才算一塊石頭落了地，過後也就忘了。〔註10〕

周揚又放了聶一馬。

聶紺弩並不是第一次奉命「研究」胡風理論。1948 年在香港時，他已經奉命研究過一次，曾撰寫《魚水篇》，「指名批評」胡風和蕭軍。1952 年中宣部召集「胡風文藝思想討論會」前，又曾奉命研究過一次，沒有撰文發表。這是第三次，僅有一篇文章獲准發表。看來，他並不是能讓有關方面充分放心的胡風思想批判者。

胡風對聶紺弩的「研究」早就有所覺察。1952 年馮雪峰在其主編的《文藝報》上連續發表批判路翎小說和劇本的文章，路翎撰文反擊，但未允發表。路翎為此諮詢胡風，是否應找馮雪峰、聶紺弩訴訴苦衷。胡風於 3 月 30——31 日覆信道：「我想：見馮，見聶，也無意思。他們會歪曲你的話的。」路翎十分不解，胡風常說馮雪峰和聶紺弩都是他的老朋友，為何又如此不信任他們呢？胡風又於 6 月 30 日覆信解釋道：

……聶奉命研究某某理論。他在香港時曾奉命研究過一次。此人一方面有正義感，另一方面，不甘寂寞，常常想抓點什麼衝出去。由於後一面，在港寫文章也奚落過某某派；由於前一面，上次在京時，曾為我設計怎樣防範詭計。〔註11〕

信中「某某理論」指的是「胡風理論」，「某某派」指的是胡風派。「奚落」也有出處，見於聶《再論申公豹》（1948 年作於香港），其文起首一段曰：

知道一種大變革要來，要獻身於那變革。要憑自己的本事或才能，在那變革中起較大的作用，原也無可非難。變革也真不怕人有本事，有才能；本事越大，才能越大，它可能發生的作用就越大。但有本事，有才能的人，很容易有一種自驕自傲的心理：「當今之世，捨我其誰？」這句話從好的方面說，是志氣，即事業的開端；從壞的方面說，是個人英雄主義，「老子天下第一！」自以為「老子天下

〔註10〕《聶紺弩全集》第 10 卷第 271 頁。
〔註11〕《胡風全集》第 9 卷第 346 頁。

第一」的人，一定看不起別人，另一面就是「你是什麼東西！」

說來有趣：在胡風的筆下，聶紺弩有「一方面」，又有「另一方面」，似乎是「兩面派」；在聶紺弩的筆下，胡風也是既有「好的方面」，又有「壞的方面」，也似乎是「兩面派」。順便提一句，胡風與他的老朋友之間的友誼紐帶相當脆弱──左聯前後期他與馮雪峰關係曾何等密切，那時他是被稱為「雪峰派」的，及至 1937 年 7 月他便憤慨於馮雪峰的「封鎖」，謚之為「馮政客」和「三花臉」〔註12〕；建國前後他與彭柏山的友誼曾何等動人，彭曾主動提出去找周揚為胡風解決組織問題，及至 1952 年 11 月「胡風文藝思想討論會」期間他便發現彭「也是一個名位熱的人」，並推測「到了緊急關頭，（他）也為顧一下自己，推一下別人的」〔註13〕；解放初期他與雪葦的關係曾如何默契，雪葦曾舉薦他出任華東文聯主席，及至 1951 年底他便認為雪葦「可笑」，因為對方在出版舊作時把稱頌《文藝筆談》（胡風作）為「偉大」的那一篇刪去了〔註14〕。

聶紺弩在「反省」時曾談到他在與胡風的交往中無法兼顧「理性」與「感性」的困惑。他寫道：

> 在理論方面打出了缺口，感情方面來彌補上了；在感情方面打出了缺口，時間久的關係又來彌補上了。明知他的理論是錯的，甚至是反黨的，但這只是理性方面的問題（其實也未完全解決），感性方面並未解決，即未從自己的具體研究來認出他的錯誤；下意識裏面還隱藏著一個「胡風何至如此！」的思想。……真正看出胡風理論問題，對我說，是下過一點苦功的。〔註15〕

從聶胡全部交往史來看，可以說，這種困惑糾纏了他倆的一生。限於篇幅，在此不贅。

1955 年 3 月，聶「下過一點苦功」寫出來的批判文章見於《人民日報》後，還曾在人民文學出版社作過示範性的批判發言，主持會議的是該社副社長王任叔。聶曾回憶道：「反胡風時，我作報告，他（指王任叔）主持，他再三給我倒茶拿煙，報告完了，他向群眾稱讚我，並向群眾說，現在領導上已積極起來了，大家都應積極起來，故意在群眾面前抬高我的領導地位。〔註16〕」聶

〔註12〕《胡風家書》第 18、20 頁，復旦大學出版社 2007 年版。
〔註13〕《胡風家書》第 344 頁。
〔註14〕《胡風家書》第 264 頁。
〔註15〕《聶紺弩全集》第 10 卷第 58～59 頁。
〔註16〕《聶紺弩全集》第 10 卷第 288～289 頁。

時任該社副總編，所以王稱聶的發言為「領導上已積極起來了」。

1955 年 4 月初，大批判浪潮愈發洶湧之時，聶紺弩竟忙裏偷閒離開北京，遠赴華東數省作「報告」去了。《聶紺弩全集》編者在其年譜「事略」中稱「5 月，應江西省文化局和省文聯之邀，作《關於中國古典小說中的現實主義精神》的學術報告」，似乎不確。2003 年徐慶全先生在《從聶紺弩致周揚的信說起》一文中披露了聶紺弩 1955 年 5 月 30 日致周揚的一封信，信中有如下一段：

> 從上海開始，一路「報告」而來，都是關於胡風的，杭州作過兩次，江西作過三次。但現在卻不能報告了：既已宣布為政治問題，屬於理論性質的辯論，就引不起聽眾的興趣了。想寫一點記胡風過去的文字，不知寫不寫得成，也不知還有什麼用處沒有。

完全是彙報的語氣！由此可見，聶紺弩此行也是「奉命」，其扮演的角色與何其芳當年赴重慶時頗有幾分相似，稱其為「文藝特使」，庶幾不差。

聶的第一站是上海，未作「報告」，反倒惹出了禍事。據朱微明（彭柏山夫人）回憶：

> （聶）路過上海，他探望作家某某時問：「聽說上海在整彭柏山了。」某某回答：「不知道，我沒聽說。」某某向某公彙報，某公找了紺弩，說：「你跟某某說的，這是黨內秘密，你不能對外亂說。」紺弩毫不介意地說：「我是在北京聽說的，我只是問問罷了。」
>
> 紺弩還是不放心，特地找了吳強同志去看望柏山，兩人緊緊握手。
>
> 紺弩一本正經地對柏山說：「聽說黨要整你了，你行動要多加小心啊！」
>
> 柏山書生氣十足，坦然地笑著說：「沒什麼，有錯誤自己認識，深刻檢討就是了。」
>
> 可是，還沒有等得及認識和檢討。4 月 20 日晚上，組織上就找柏山談話，通知他停職檢查和胡風的關係。[註17]

彭柏山是聶紺弩的貧賤、生死之交，1937 年彭從蘇州反省院出來後即住在聶家，聶為招待至友，把家中值錢的東西都送進了當鋪；1938 年聶與彭同在新四軍朝夕相處，結下了深厚的情誼；1939 年聶赴金華後撰文批評高崗（當

[註17] 朱微明：《柏山和胡風及胡風事件》，《我與胡風：胡風事件三十七人回憶》第 155 頁，寧夏人民出版社 1993 年版。

地文學青年，與陝北的高崗同名），引起嚴重誤解，差點禍及彭，多虧邵荃麟（時任中共東南文委書記）及時向新四軍軍部解釋，才消弭了一場冤案。聶在此危難關頭通風報信，是有此情感基礎的。

聶的第二站是杭州，作了兩場「報告」，接待單位是浙江省文聯，宋雲彬時任主席。聶被「隔離反省」後，宋雲彬在其日記中有補述：

（7月2日下午）四時，在北京飯店新樓大廳集會，彭真報告會議准備事項。晚飯後，……馮賓符為余言，聶紺弩已被宣布為胡風分子。聶在桂林時十分欽佩胡風，余常與之「抬槓」，然自一九四五年以後，聶似已與胡風鬧翻，曾為余言胡風作風如何惡劣。今年五月間聶來杭州，作反胡風集團之報告，余曾笑語聶：「君過去不亦十分欽佩胡風乎？」彼答謂「過去思想落後……」，並連說「落後落後」，相與一笑而罷，初不料聶果為胡風分子也。語云「人固不易知，知人亦非易」，信然信然！

宋是聶的老朋友，抗戰時期同在桂林編雜文刊物《野草》。宋說他曾「十分欽佩胡風」，說的是聶在《野草》上發表胡風「自傳」的舊事；宋說他「似已與胡風鬧翻」，說的是聶在重慶撰文諷刺胡風並與胡風絕交的舊事。宋本不以為聶是「分子」，但聽說「已被宣布」，便慨歎「人固不易知，知人亦非易」。「初不料」即「想不到」，不惟宋雲彬「想不到」，文壇決策者如郭沫若、周揚、林默涵、袁水拍、康濯等人當年都曾表示「想不到」。直言之，這是彌漫於五十年代的唯上是聽、不敢信人、也不敢自信的時代盲從心理的反映。

聶的第三站是江西，作過數次批判胡風思想的「報告」。本擬還要去湖南、湖北宣講，5月13日、24日《人民日報》連續發表了關於「胡風反黨集團」的兩批「材料」後，對象的性質變了，繼續再作「理論性質的辯論」已經沒有意義。

很難形容聶讀過《人民日報》兩批「材料」後的感受，從5月30日致周揚信中，大致可以揣摸到其內心的波瀾。信中有如下一段：

在報上看到關於胡風的兩批材料，真令人髮指。給舒蕪的信，以前曾聽舒蕪口頭談過一點點，這回看見文字，印象自大不同。但第二批材料則更惡劣。胡風問題，自看到他的《報告》之後，我便認為一定有政治背景，不然就簡直不可理解。看到這兩批材料後，更加強了這一認識。看報紙的按語及郭老的文章、文聯作協的決議，

推測我們已掌握了一些具體材料⋯⋯

徐慶全先生稱聶的這封信是「向周揚表明自己的立場和態度」，自然不錯；若說聶在此信中表述了與宋雲彬相似的「人固不易知，知人亦非易」的時代困惑，也許更準確。信中「認為一定有政治背景」，是談自己的揣測；「推測我們已掌握了一些具體材料」，是說對上面的確信。所傳達了也正是那種唯上是聽、不敢信人、也不敢自信的時代盲從心理。

聶於 6 月中旬被電報召回〔註18〕。此時「反胡風運動」已進入「深挖」階段，即《人民日報》號召「堅決肅清胡風集團和一切暗藏的反革命份子」（6 月 13 日始）時期。文化部副部長陳克寒在大會上宣布將其「停職反省」，責其交代歷史問題。聶曾回憶道：

> 在肅反運動中，在我反省的初期，我是很恐怖的。本來最初陳克寒部長通知我，說是審查歷史，但一兩回會開下來，我聽出我原來是反革命，而反革命三字，特別是從馮雪峰口裏說出的，我缺乏經驗，又沒有人向我交代政策，以為反革命一定是鎮壓。又想起周揚過去一次用很奇異的眼光看我，厲聲地說：「共產黨為什麼不殺人！」回想起來，我以為是有所暗示的，更增加了恐怖的心情。貪生怕死自然很可恥，但這裡還不是簡單地怕死，而是頂著反革命的頭銜而死，這比別的死更恐怖。

聶不畏死，曾為黃埔二期生、莫斯科中山大學一期生、國民黨中央通訊社副主任、中共「特科」成員、新四軍軍部文化委員會委員的他，幾死者數，早已置生死於度外，他只是不甘心蒙冤而歿，那是對自己一生追求革命的嘲諷。

「反省」期間，聶不斷地反躬自問：追求革命，卻要承認是「反革命」；特立獨行，卻要承認跟著某人跑；這真是天下奇冤！由一已的蒙冤，想到其他人的蒙冤，進而推斷胡風也可能蒙冤，於是對一些神聖的東西產生了懷疑。幾年後，他曾回憶道：「事後，有一次樓適夷問我在反省期間是否相信黨，我說，當我承認我是胡風分子，是反革命的時候，就是最不相信黨的時候。他說，即使送你去槍斃，你也應該相信黨。我說我很慚愧，我就是沒有達到這一步。〔註19〕」

〔註18〕《聶紺弩全集》第 10 卷年譜稱：「7 月，『肅反運動』開始，被從江西緊急召回。」不確。根據現存資料，聶「反省」期間所作的第一份「檢查」作於 6 月 20 日。

〔註19〕《聶紺弩全集》第 10 卷第 297 頁。

幸而聶沒有達到「這一步」，否則將完全異化，失去自我。

在這種「時候」及心境下，聶寫出了第一份「交代」，滿紙「荒唐語」，陳克寒斥之為「流水帳」。6月20日，聶又作「補充」材料〔註20〕，起首一段曰：

> 反省了許多天，最近才反省出一點道理來了，我發現我才是真正的胡風分子，比任何胡風分子還要胡風分子一些。我有討厭他的一面，有不願給他工作的一面，我不認識《希望》時代的那些人，有幾年不來往不講話，寫過文章罵他，這些都是事實，但比之於我是真正的胡風分子來，都是小事。我整個的文學活動，幾乎都和胡風分不開（不是說胡風和我分不開）。首先認識的左翼文人就是胡風；在上海左聯時代，來領導的主要的也是胡風；和我來往的一些人，如吳奚如、周文、宋之的、田間、孟十還、雪葦等等，也都和胡風有來往；和魯迅先生的關係，主要地也是通過胡風；辦刊物在一塊兒；喊口號在一塊兒；寫文章了先給他看，聽取他的意見修改；大小事都找他商量。夫婦吵架也找他調解；他寫的文章總是認為是對的（多數場合其實未看或未看懂，他和周揚同志打筆墨官司的文章，到現在還未看懂）；如是等等，繼續了很多年。我是盲目地崇拜胡風，是胡風的精神上的俘虜。在二十多年中，我一定散佈了許多胡風的影響；沒有一個時期，真正在精神上可以完全除開胡風的，包括和他不講話的那幾年。我似乎並未走進文壇，走進的只是胡風派，額角上似乎雕得有「胡風派」三個字。〔註21〕

康澤曾謂聶，太不世故，太任性，近於三國演義上的禰衡，如不留心，難免有殺身之禍的。此話雖出於特務頭子之口，也算是知人之談。試看上述文字寫得何等突梯滑稽，似事實，又似編造，似正說，又似反諷，似認罪，又似狡辯，盡顯當代禰衡本色，直叫人笑不可仰。若干年後，聶曾作詠林沖詩「男兒臉刻黃金印，一笑心輕白虎堂」，其靈感蓋出於此。

聶當年被審查的「歷史問題」有兩個，一個是「胡風問題」，一個是「康澤問題」。前面一個既已「交代」得如此透徹，只剩下後面一個了。其後，聶撰寫的材料便大都「側重於參加革命工作以後和國民黨反動分子的關係方

〔註20〕文中有「現在作補充交代」及「（補充）前一次未談到的」等語。《全集》第10卷第63頁。

〔註21〕《聶紺弩全集》第10卷第58～59頁。

面」。

聶是從「舊壘」中出來的，他曾自述云：「入黨以前，我做了八年國民黨，所有的社會關係也都是國民黨。」舊識滿天下，故交盡冠纓，如在日本結識的楊玉清（曾任國民黨中央執行委員）、留蘇時的同學康澤（曾任國民黨復興社書記）和谷正綱（曾任國民黨中央社會部部長）、桂林時結識的卓衡之（曾任國民黨南京市黨部主任）和曾養甫（曾任國民政府交通部長）……都是國民黨的高官。說句笑話，要想把聶的「歷史問題」查清楚，三個月時間哪裏夠。

在專案組的眼裏，聶的「歷史問題」如此複雜，「一個矛盾掩蓋了另一個矛盾」，「胡風問題」當然比不上「康澤問題」，揪出一個長期隱藏在革命陣營裏的「特務」來，當然是莫大的收穫。聶於是不得不就與國民黨人的關係寫出一份又一份「流水帳」，但專案組始終沒有撈到足以定案的鐵證。

三個月的「隔離反省」期滿，「胡風問題」解脫了，但「康澤問題」沒有解脫。聶於 9 月 10 日上書陳克寒等，申辯道：

> 我現在面臨的難題，倒不是說明不是特務，雖然也不一定能好好說明；而是如何說明我是。在這〔次〕反省期間，不時有些胡思亂想，其中之一，就是違反黨的意旨，不實事求是，貪圖容易理解、容易解決問題，把沒有的說成有，說我是特務或和康澤有別的什麼政治關係。結果會怎樣呢？結果會是更沒有辦法。在大會上聽見人家坦白過：加入一種組織，和什麼人聯繫，叫他做什麼，他做了什麼等等。那麼，我說我是特務，至少也應該講這一套。但是我參加過什麼組織，它叫什麼名字呢？裏面有些什麼情況，有些什麼人（除康澤以外），誰和我聯繫，叫我做過什麼，我做過什麼呢？要把一無所知的東西編成能自圓其說的一套，該要多大一個本事？而且光是能自圓其說就行麼？跟那真名字、真人真事完全不符行嗎？當然不行。〔註22〕

他向陳克寒抱怨道，這樣逼供下去，「不知伊于胡底」。陳勸慰他說，還是要深入檢查，「不要有顧慮」。他於是又辯解道：

> 我還有什麼顧慮呢？已經檢查到自己是反革命了，雪峰同志也說我是反黨反革命反人民的階級異己分子，再有什麼，也不過是這

樣吧；而肅反政策是一個不殺的，處分也沒有什麼可怕。〔註23〕

聶紺弩晚年有詩詠其事：「文章信口雌黃易，思想錐心坦白難。」非經歷過大磨難者，不能出此語。

他的「歷史問題」拖到 1956 年 5 月才在「支部大會」上作出初步結論，未定為「胡風分子」，但被認為「有嚴重的政治歷史問題」，支部一致通過開除黨籍。聶對結論持有異議，「表示願意留黨察看」。他於同月 24 日作《對支部大會決定的意見》，其中再次回顧了與胡風的交往，寫道：

> 我這個男性的娜拉，在和「家庭」鬧翻了，走到社會上來之後，
> 首先感到的是前途茫茫，什麼都是陌生的，尤其是對於革命，革命
> 的黨，革命的政治活動，更為陌生。誰是我的朋友，誰是我的同志？
> 我能幹什麼，怎麼幹？手裏提著的旅行包放在哪一塊確定的地面
> 上？必然的事是通過許多偶然的事實現的。這時候，像外國書上所
> 說，「第一個碰到的人」對我是很重要的。假如我碰到一個真正的革
> 命者，受到他的影響、教育，因之也是受到黨的教育，就可能變得
> 好一些。但我首先碰到的是胡風，是吳奚如，兩個問題人物，而一
> 直把他們當作革命者看。當然，就我的原有基礎說，他們也給過一
> 些對我是有益的影響，但無疑，有害的東西也多，特別是胡風。而
> 最有害的一點，是我認識了胡風之後，由於當時的客觀情況，更由
> 於他的宗派活動，一方面使我也感染了一些宗派情緒，一方面也使
> 別人把我看成胡風的夾帶人物，我就無法接近別的革命者，無法受
> 到那些真正革命者的影響，甚至對那種影響有所抗拒。在我原有的
> 基礎上，如果說辨別革命與反革命還比較容易的話，辨別真革命與
> 假革命，就困難得多了，何況根本就不曾有這樣一個警覺！我的羞
> 辱的歷史的造成，「第一個碰到的人」是個關鍵，但這關鍵不是我所
> 掌握的，因此，與其說是我的過錯，其實是我的不幸。〔註24〕

這番亦莊亦諧的表述，有幾分真、幾分假，只有聶本人才能說得清。若較真地考察聶與革命者的關係，聶在黃埔軍校（1924 年）「第一個碰到的人」可以說是周恩來，在莫斯科中大（1926 年）「第一個碰到的人」可以說是鄧小平。他就是不說，審查者也應該知道。

〔註23〕《聶紺弩全集》第 10 卷第 208 頁。
〔註24〕《聶紺弩全集》第 10 卷第 231～232 頁。

多虧馮雪峰等人幫忙，聶最終得到的處分是「留黨察看」，由副總編降為一般編輯。馮當面怒斥他，暗中卻為他活動，馮曾與邵荃麟商量如何給他留出路，馮還曾與副社長王任叔聯名向文化部黨委提出書面意見，主張「不開除」公職，並「保留黨籍」。

2008/1/7

巴金在「反胡風運動」中（未刊）

一

巴金在「反胡風運動」中做了些什麼，這是一個非常沉重卻無法迴避的話題。

1986 年初巴金起筆撰寫《懷念胡風》，起首一段是這樣寫的：

> 關於胡風，我一直想寫點什麼，已經有好幾年了，好像有什麼東西堵住我的胸口，不吐出來，總感覺到透不過氣。但拿起筆我又不知道話從哪裏說起。

「想寫點什麼」的念頭，大約起自 1980 年中央 76 號文件下發之後。該文件為「胡風反革命集團」在政治上平了反。但在「歷史問題」及「文藝思想」上仍留有「尾巴」。當時，「已」為或「想」為胡風「寫點什麼」的作家還不算太多。「不知道話從哪裏說起」所透露出來的困惑，1981 年初他曾向日本記者表述過，說：「批判胡風那時，由於自己的『人云亦云』，才站在指責胡（風）為反革命的一邊。現在他已恢復了名譽，並沒有所謂反革命的事實。我對於自己當時的言行進行了反省。必須明白真相才能行動。〔註1〕」

「必須明白真相才能行動」和「認準的事情必須去做」，這些都是巴金經常說的話。

1985 年 6 月 8 日胡風去世，同年 11 月公安部正式撤消了 76 號文件中對

〔註1〕 田所：《決心維護中國文學的成長——巴金消息》，載 1981 年 5 月 25 日日本《朝日新聞》（晚刊）。轉引自賈植芳《一點記憶一點感想》，載 2005 年 11 月 7 日文匯報。

胡風「歷史問題」的某些說法。1986 年 1 月 15 日在八寶山舉行追悼會，政協副主席楊靜仁主持，文化部部長朱穆之宣讀悼詞，稱胡風為「我國現代革命文藝戰士，著名文藝理論家」。至此，胡風問題的「真相」終於大白於天下。

巴金的這篇懷念文章大約便起筆於追悼會後，8 月 20 日完稿，8 千餘字竟寫了 8 個月。文中回顧了與胡風數十年的交往，當憶及能見到復出的胡風而未能當面道歉時，語調十分沉痛：

> （1981 年 6 月至 10 月胡風在上海住院）……我沒有去看過他，也是因為我認為自己不曾償還欠下的債，感到慚愧。我的心情只有自己知道，有時連自己也講不清楚。

> （1985 年 3 月 29 日胡風參加作協主席團第二次會議）……我打算在休息時候過去打個招呼，同他講幾句話。但是會議快要告一段落，他們父女就站起來走了。我的眼光送走他們，我有多少話要講啊。

> （1985 年 6 月 8 日胡風去世）……我打電報託人代我在他的靈前獻一個花圈，我沒有講別的話，現在說什麼，都太遲了。

該文為《隨想錄》第一五〇篇，面世後曾引起很大反響。有人贊曰：「（文中）充滿了嚴格的自我解剖精神」（柯靈）；有人頌道：「你是二十世紀的良心」（曹禺）。也有出言謹慎的，如錢理群，他視巴金為「無力而持著」的一類知識分子；也有持保留意見者，如朱學勤，他雖讚揚巴金「富於懺悔意識」，但又認為這「僅僅」是「中國知識分子人格再造的開始」。

誠然，或如陳思和所說：「像巴金這樣的文化泰嶽，任何褒貶都如風過峽谷，徒留呼嘯聲而已……」但巴金本人的表述更為合適，他說：「印在白紙上的黑字是永遠揩不掉的。子孫後代是我們真正的裁判官。究竟對什麼錯誤我們應該負責，他們知道……」

任何人都無法迴避歷史。

二

巴金在「反胡風運動」究竟做了些什麼？他在《懷念胡風》一文中也有這樣的自問，寫道：

> 在那一場「鬥爭」中，我究竟做過一些什麼事情？我記得在上海寫過三篇文章，主持過幾次批判會。會開過就忘記了，沒有人會

為它多動腦筋。文章卻給保留下來，至少在圖書館和資料室。其實連它們也早被遺忘，只有在我總結過去的時候，它們才像火印似的打在我的心上，好像有一個聲音經常在我耳邊說：「不許你忘記！」

據筆者所掌握的資料，他當年至少寫過五篇文章，按發表時間排列如下：

1.《必須徹底打垮胡風反黨集團》；

2.《他們的罪行必須受到嚴厲的處分》；

3.《關於胡風的兩件事情》；

4.《談〈窪地上的戰役〉的反動性》；

5.《學問與「才華」》。

他「記得」的是中間三篇，忘記了首尾兩篇。由於撰寫《隨想錄》時已屆八旬，雖說「不許你忘記」，還是忘記了一小半。相關約稿過程及文章內容，也有失記之處。詳見下述——

第一篇「表態」文章《必須徹底打垮胡風反黨集團》起筆於「第一批材料」（5 月 13 日）出版之後，寫成於「第二批材料」面世（5 月 24 日）的次日，載 5 月 26 日《人民日報》。據巴金回憶，約稿過程及文章內容如下：

> 運動開始，人們勸說我寫表態的批判文章。我不想寫，也不會寫，實在寫不出來。……可是過了幾天，《人民日報》記者從北京來組稿，我正在作協分會開會，討論的就是批判胡風的問題。到了應當表態的時候，我推脫不得，就寫了一篇大概叫做《他們的罪行應當得到懲處》之類的短文，說的都是別人說過的話。表了態，頭一關算是過去了。

這篇是《人民日報》的約稿，他沒有記錯；但文章不是那一篇，他記錯了；內容並不「都是別人說過的話」，他也記錯了。如文章的開頭兩段：

> 認識胡風而不是胡風集團的人都有這樣一種印象：這個人是很難接近的。跟他談起來，總覺得話不是從他心裏說出來的。他喜歡諷刺人，見著面總要挖苦你兩句，有時也露出不自然的微笑。他平日喜歡講「真誠」、「仁愛的胸懷」、「人道主義」這一類名詞，可是誰都覺得這些名詞是跟他本人連不起來的。

> 胡風最初發表的文章也並不是太難懂的。然而近十幾年來他越寫越晦澀，簡直叫人沒法讀下去，即使有人耐心讀完，也弄不明白他究竟在講些什麼。葉聖陶先生提到他那篇《論現實主義的路》時

就說過這樣的話：「一個人為什麼要把文章寫得叫人看不懂！」據胡風自己說，他在當時蔣介石反動政權下面發表文章不得不使用「奴隸的語言」。我們都猜想：他喜歡從日文理論書上抄引論據，所以寫出了那種不大象中文的文章。

第一段談的是對胡風為人的印象，第二段談的是對胡風為文的印象，其切入點偏離《人民日報》的政治口徑甚遠，所述皆是個人感受。換句話說，這些文字真實地反映了他與胡風交往經歷中的一些陰影。

巴金當年對「胡風派」的印象不好。1947 年他在《寒夜》初版「後記」中曾譴責他們那派「文藝批評」的風格，文中有如下一段：

我應該向《夜光杯》和《夕拾》的編者們道賀，因為在爭取自由，爭取民主的時代中，他們的副刊上首先提出來弔死叫喚黎明的散文作家（或者不叫喚黎明的作家以及所謂「新傷感主義的散文作家」）的自由。這樣的「自由」連希特勒、墨索里尼甚至最無恥的宣傳家戈培爾之流也不敢公然主張的。雖然他們是殺人不眨眼的魔王和自由的敵人。而談到自己所不喜歡的文章就想把作者「捉來弔死」，這樣的人並不是今天才有的。我們自己的老古董秦始皇就玩過「坑儒」的把戲……可是連秦始皇的霸業也僅能傳至二世……

曾揚言要「弔死」他的是「莫名奇」。1947 年 1 月，「莫名奇」在上海《新民報》副刊《夜光杯》上發表兩篇文章，稱「用高爾基的話，那些新傷感主義的作家是應該捉來弔死的」；曾譏諷他只會「叫喚黎明」的是耿庸，同月 20 日他在上海《聯合晚報》副刊《夕拾》上發表《做戲的虛無黨（從生活的洞口……）》，文中不僅稱讚「莫名奇」罵得「很痛快」，還說：「但其實不必這麼憤慨的。這些作家用魯迅先生的話：『做戲的虛無黨』罷了，既不敢明目地賣身投靠，又不敢面對鮮血淋漓的現實，『哎喲喲，黎明』，這就是一切。」胡風案發時，巴金對他們的憎惡應該還未淡化。《巴金傳》的作者徐光黿寫到 1955 年初胡風當面請巴金「提意見」時，描述了傳主的心理活動，寫道：「巴金想，解放以前，寫文章要把那些呼喚『黎明』而未參加左翼的作者都捉來弔死的那些『左』派青年，不正是胡風的朋友嗎……」這番揣摩不無道理。

巴金當年對胡風為文的印象也不好。有兩個佐證：其一見於葉聖陶日記，1948 年 10 月 19 日載有：「下午，楊慧修來談胡風之為人及持論。此君自命不凡，否定一切，人家之論皆不足齒數，而以冗長糾纏之文文其淺陋。余於文藝

理論向不措意，唯此君之行文，實有損青年之文心。」巴金當年的看法與葉老別無二致；其二可參看日本學者千野拓政的近作《胡風與時事類編》〔註2〕，文中對胡風文體的形成進行了比較研究。結論是：「胡風獨特的文體可以追溯到他從事日語翻譯時即已養成。」換言之，胡風的文體風格確實深受日文影響。

概而言之，第一篇「表態」文章中並不都是「別人說過的話」，有些也不都是過頭話。

第二篇「表態」文章《他們的罪行必須受到嚴厲的處分》作於「第三批材料」發表（6 月 10 日）之後，刊載於《文藝月報》6 月號。巴金時任中國作協上海分會副主席並兼該刊主編，該文是該刊「堅決徹底粉碎胡風反革命集團」專欄的頭條，其下依次為靳以（時任作協分會副主席）、許傑（時任作協分會副主席）、賀綠汀（時任中國音樂家協會副主席、上海音樂學院院長）、吳強（時任作協分會黨組書記）等人的文章，可以說是有組織的「領導表態」。這篇文章的措辭非常尖刻，但幾乎都是「別人說過的話」，舉開頭一段為例：

> 讀完《關於胡風反革命集團的第三批材料》，我很憤怒，也很吃驚，同時我忍不住責備自己：為什麼以前沒有想到這些事情？為什麼這些年來沒有認真地跟這個集團作過鬥爭，就讓他們長期用偽裝、用欺騙手段去引誘青年，俘擄青年，到處加強實力，擴大影響？我酣睡在豺狼旁邊，聽不見一聲狼嗥，現在夢醒，雖然慶幸自己沒有受到損害，卻忘了多少青年跟著他們走上迷路，有的甚至墮入深淵，做出危害人民革命事業的罪行。

「為什麼以前沒有想到」云云，首見於夏衍（時任作協上海分會主席）和馮雪峰 5 月 25 日在中國文聯主席團、作協主席團聯席擴大會議上的發言，夏衍說：「這個毒瘤長在我們身上已經二十多年了。看了現在已經揭發出來的材料，再回想一下過去，我們真是太麻痹，太缺乏敵情觀念了。」馮雪峰說：「二十多年來，我們竟受騙了，我個人也許受騙得還要更多些，特別在解放以前。」巴金出席了這次會議。「酣睡在豺狼旁邊」云云，首見於郭沫若的文章《請依法處理胡風》（載 5 月 26 日《人民日報》），其文曰：「我們以前是太馬虎了，一直把胡風當成為友人，真可以說是和豺狼一道睡覺。」但「慶幸自己沒有受到損害」及「忘了多少青年……」云云，卻不是真心話。從上文可知，他不可能很快淡忘 1947 年的「弔死」事件，也不會淡忘胡風的青年朋友「莫名奇」

〔註2〕 朱曉進譯，載《中國現代文學研究叢刊》1992 年第 1 期 232～247 頁。

和耿庸。他不提舊怨，似乎出於「不忍」再投井下石，但未料到因此差點「過」不了「關」，這是後話。

第三篇「表態」文章《關於胡風的兩件事情》是緊接著第二篇後寫的，載《文藝月報》7月號。他曾憶及該文的內容和寫作動機，寫道：

> （這篇文章）在上海《文藝月報》上發表，也是短文。我寫的兩件事都是真的。魯迅先生明明說他不相信胡風是特務，我卻解釋說先生受了騙。一九五五年二月我在北京聽周總理報告，遇見胡風，他對我說：「我這次犯了嚴重的錯誤，請給我多提意見。」我卻批評說他「做賊心虛」。我拿不出一點證據，為了第二次過關，我只好推行這種歪理。

上篇文章沒能「過關」的原因，從表面上看，似乎是由於沒有說「自己的話」。更深層的原因，實與未理會毛澤東為「第三批材料」第54信所寫的「按語」有關，該「按語」全文如下：

> 從這封信裏可以看出，胡風集團在他們的三十萬字上書和其他一切的公開言論中，好像他們主要只是反對共產黨的作家而不反對其他的人。他們當然從來不反對蔣介石和國民黨的其他人物，（只在有時小罵幾句以作幌子，即所謂「小罵大幫忙」），但不反對其他的人則是假的。原來他們對魯迅、聞一多、郭沫若、茅盾、巴金、黃藥眠、曹禺、老舍這許多革命者和民主人士都是一概加以輕蔑、謾罵和反對的。這種不要自己集團以外的一切人的作風，不正是蔣介石法西斯國民黨的作風嗎？

領袖出頭為「胡風集團」輕視巴金等「民主人士」鳴不平，他卻在上篇文章中「慶幸自己沒有受到損害」，似乎有點不領情。這，當然過不了關。他不得不再寫一篇「深揭狠挖」的文章以表明態度。必須指出的是，該文中提到的「關於胡風」的幾件事，也早有人說過：如魯迅「不相信胡風是特務」事，夏衍5月25日發言中有過暗示；再如胡風在魯迅面前「挑撥」事，馮雪峰5月25日發言中也曾提到；又如胡風「假檢討」事，早見於5月13日《人民日報》「編者按」。認真考察一番，他「自己的話」僅見於如下三段：

> 解放前不多久：我讀到《泥土》一類刊物的時候，曾經和朋友談起，我們懷疑過：胡風派究竟有什麼用心？他們最正的敵人是誰，他們真正的朋友是誰。

　　我們只是在暗中批評胡風器量狹小，重視個人恩怨，不顧大局，
也不愛護魯迅先生。

　　我總覺得在胡風身上有一種不自然、不真實的東西，但也沒法
詳細地說出來。

　　這幾句稍許貼近了「按語」中提到的「胡風派」對「許多革命者和民主人
士」的「輕蔑、謾罵和反對」，但仍未具體涉及 1947 年的「弔死」事件。他能
「過關」嗎？似乎還不能。

　　第四篇「表態」文章是一篇「文藝批評」，題為《談〈窪地上的戰役〉的
反動性》，載《人民文學》8 月號。參看他的回憶及相關史料，可知該文構思於
「第一批材料」公布之後，寫成於「第三批材料」公布之前。巴金晚年最懊惱
的就是這篇文章，他說：

　　　　（寫這篇文章），我本來以為可以聰明地給自己找個出路，結果
　　卻是弄巧成拙，反而背上一個沉重的精神包袱。

　　當初，他為什麼會以為這是一條「出路」呢？當然是想止步於「思想批判」，
不肯「人云亦云」；後來，為什麼又「弄巧成拙」了呢？是由於運動很快發展
到「政治鬥爭」，編者為適應形勢對他的文章進行了若干重大的「增改」，他不
願做的事，別人以他的名義替他做了。

　　稿件於 5 月底寄到北京後，康濯（時任《文藝報》主要負責人）於 6 月 1
日來信，寫道：

　　　　寄來的批評《窪地上的「戰役」》的文章收到了。很感謝你。你
　　寫得很細緻、很具體，因而有說服力。文章本身同時也是一篇動人
　　的散文。我們看了都很高興。但因為目前正在緊張地揭露和粉碎胡
　　風反革命集團的階段，我們考慮著目前似應更多地發表從政治上揭
　　發和批判的文章；這樣一來，你這篇文章估計最近一期（6 月 15 日
　　出版的）不一定能有篇幅發表。我們正設法爭取文章更早和讀者見
　　面，不過，在萬一的情況下，也許要拖一期。請你原諒。

　　　　另外，文章中對路翎小說分析得很好，只是根據現在的情況來
　　看，分析後所指出的根源只談到是「小資產階級」，這怕應稍加修改。
　　其餘還有個別段落稍有重複，也打算略作刪節。但因往返費事，不
　　打算再寄給你了。我們想冒昧地動手做點小修改，發表前再把清樣
　　寄你看。希望允許我們這樣做。

但,「清樣」似乎並沒有寄給他過目。他拿到刊物後,第一印象是:「似乎面目全非,我看到一些我自己也沒有想到的政治術語,更不知道自己哪裏來的權力隨意給人戴上『反革命』帽子?看得出有些句子是臨時匆匆忙忙地加上去的。」比照該文的幾個版本〔註3〕,可知康濯從三方面作了「增改」:一是改題,將原題《談別有用心的〈窪地上的戰役〉》改為現題,主題因此改變了;二是刪減,刪節了作者自述在朝經歷若干處,擺事實講道理的初衷被掩蓋了;三是上綱,突出了「政治鬥爭」的要旨,表現的是作者未曾領會到的東西。康濯的「增改」處甚多,舉其大者:將原稿中的「他們那個集團的頭子胡風」改為「他們那個黑幫的頭子胡風」;將「路翎的思想感情」改為「反動的資產階級個人主義的思想感情」;且在文末加上了譴責作者用小說進行「反革命宣傳」的妄語。

起初,巴金對「增改」很不滿,但,

> 過了一晚,一個朋友來找我,談起這篇文章,我就心平氣和無話可說了。我寫的是思想批判的文章,現在卻是聲討「反革命集團」的時候,倘使不加增改就把文章照原樣發表,我便會成為批判的對象,說是有意為「反革命分子」開脫。《人民文學》編者對我文章的增改倒是給我幫了大忙,否則我會遇到不小的麻煩。

如果「照原樣發表」便可能「成為批判的對象」,這種擔心是真實的!有令他心悸的近例在:老革命賀綠汀在《文藝月報》6月號上發表《徹底揭發暗害分子胡風》一文,只因未把「胡風派」上綱為「反共反人民、反革命的陰謀集團」,便遭到讀者來信質問,「懷疑到作者是不是還站在鬥爭圈子的外面」。賀不得不在9月號發表《我的檢討》,違心地承認:「這篇文章的實際效果是替胡風黑幫分子打掩護。」編輯部也被迫檢討,稱:「對這一錯誤,編輯部應該負主要的責任。」〔註4〕況且,儘管巴金已被《人民日報》「編者按」稱為「民主人士」,但他當時並不知道那是毛澤東的欽點。從這個角度來看,他在回憶

〔註3〕第一個文本見於《人民文學》1955年8月號,第二個文本見於《大歡樂的日子》(作家出版社1957年版),第三個文本見於《上海十年文學選集、論文選》(上海文藝出版社1960年版),第四個文本見於《巴金全集》第14卷(人民文學出版社1990年版)。後三個文本恢復了原題,文字略有不同。

〔註4〕讀者陳國銘、周映新、張懷亮給編輯部的信、賀綠汀的《我的檢討》及編輯部按語均見於《文藝月報》1955年9月號「對《徹底揭發暗害分子胡風》一文的批評和檢討」專欄。

文章中所描述的不滿、僥倖、後怕的心理過程都是真實的。

第五篇「表態」文章題為《「學問」與「才華」》，載《人民文學》9 月號。該文作於 8 月初赴京參加全國文聯、作協主席團舉行的聯席會議期間，他受命在那次會上介紹上海文藝界「反胡風」的情況，遇上《人民文學》編輯約稿，推託不得。他在回憶文章中無奈地談到：

> 這樣的氣氛，這樣的環境，這樣的做法……用全國的力量對付「一小撮」文人，究竟是為了什麼？那麼這個「集團」真有什麼不能見人的陰謀吧。不管怎樣，我只有一條路走了，能推就推，不能推就應付一下，反正我有一個藉口：「天王聖明」。

由於有賀綠汀的前車，由於有這個「藉口」，又由於別無它路可走，這篇文章的「應付」氣味甚濃，寫得最言不由衷。其文從當時還有「以『愛才』自命的人支支吾吾地有意無意間替那些反革命分子開脫」的現象說起，逐一分析「胡風派」諸人的「『學問』與『才華』」，結論是：

> 只有太天真的人和別有用心的人才會欣賞胡風和阿壟的「學問」，才會欣賞路翎和綠原的「才華」！其實這全是「莫須有」的東西。

該文發表時，「反胡風運動」已進入尾聲，幾乎沒有引起人們的注意。《人民文學》10 月號便轉入了對第一個五年計劃的歌頌，《毛主席向著黃河笑》（臧克家散文的篇名）的時期開始了。

三

2005 年李敖訪問大陸時曾談到巴金的《懷念胡風》，他說：「大家看這本書，巴金的隨想錄裏面的一段講了過去鬥胡風的時候的話，巴金說……我對自己的表演，即使是不得已而為之吧，也感到噁心，感到羞恥……我覺得這就是巴金，巴金的偉大就是他不是一個強者，可是當他有一天脫離了這個壓力以後，他會很勇敢的寫出來他在三十年前所說的那些話，所做的那些事。」但他又說道：

> 在整個的黨做了錯誤的決定來對待胡風的時候，在胡風事件的時候，他巴金出來講話，他不該講那些話，他不該寫那些話，他不該寫那麼多，他不該寫那麼錯。

其實，這個結論應作於比較研究之後。

在「反胡風運動」中，文藝界知名人士都要被迫發表文章「表態」，與胡風有過交往的人士更是「責無旁貸」。「材料」公布了三批，「表態」次數相應也要有三次。例外的情況也有：賈植芳曾寫過一篇「表態」文章，被認為不合標準而未允發表，不久便身陷囹圄；丁玲和馮雪峰都只發表過一篇文章，蓋因他們均已被視為與「胡風派」脫不了干係，不允許他們再來「表態」；吳奚如、姚雪垠也只發表過一篇文章，蓋因他們當時都被認為是「問題人物」，亮相一次足矣。「表態」三次以上的有巴金、曹禺和樓適夷等人，巴金不能脫身的原因已見於上述，曹禺是由於胡風在「三十萬言書」以他為例證來反擊何其芳而不得不再三撇清，樓適夷則是由於過去曾介入胡風的文學活動而不能不多次洗刷。寫得「多」寫得「少」，皆視外界的壓力而定，實與個人的「主觀戰鬥精神」沒有多大的關係。

而且，「不該講」和「不該寫」也要作具體分析。

巴金當年雖身任中國作協上海分會副主席，但他的處境實則堪憂。先舉一例：1945 年毛澤東來重慶，曾約見巴金等民主人士。徐開壘在《巴金傳》中記述道：

> 當人們把剛滿 40 歲的巴金介紹給毛澤東時，毛澤東握著巴金的手笑著說：「啊，巴金先生，聽別人說你年輕時也信仰過無政府主義，是這樣嗎？」巴金說：「是呀，聽說你從前也是！」毛澤東笑了，他說：「是的，那時我們對什麼都有興趣。」巴金又問毛澤東，知不知道匡復生？毛澤東說：「匡復生是個教育家。」這時有人插話就把話題扯遠了。

「無政府主義者」，這是巴金當年在中共領袖心目中的定性。建國前，尚且沒有這個政治派別的位置；建國後，更不會再給他們留下多少活動的空間。

再舉一例：1952 年中宣部召集內部「胡風文藝思想討論會」，在最後的一次會議上，周揚給胡風問題定性後，捎帶著給了巴金一棍子。他說：

> 今天也並不是說文藝上的小集團一概不應該存在。事實上也是有的，例如巴金他們就是。但不能與黨對立，另搞一套，而且還要自命為無產階級的東西，還要用來指導運動。那是辦不通的。〔註5〕

話已說到這個份上，還有什麼不明白的。在文壇當權者看來，胡風的「小

〔註 5〕 舒蕪：《參加胡風文藝思想討論座談會日記抄》，載《新文學史料》2007 年第 2 期。

集團」與巴金的「小集團」都是「非黨」的存在，他們之間的差別僅在於前者
「自命」而後者不「自命」，前者應該立即摧毀，後者也將被摧毀，只是時間
早晚而已。

　　還有一例：1954 年 5 月 28 日周揚在解放軍總政治部文化部召開的「全軍
文藝創作座談會」上作報告。據胡風在「萬言書」中的轉述，周揚在報告中「肯
定了巴金，否定了路翎」，說：

> 巴金雖然不懂部隊，但他看到志願軍偉大，就歌頌歌頌偉大，
> 那就是老實，值得歡迎，對我們有好處，這就夠了；但路翎偏偏要
> 寫他不懂的戰士，這就是不老實，非批評不可。〔註6〕

　　胡風認為，他「肯定巴金不過是為了否定路翎，實際上完全是為了發動對
路翎的批評」。明眼人可以看出，周揚對巴金的「肯定」是很有限的，頗接近
於「侮辱」。在那個政治化的年代，即使巴金心悅誠服地靠近主流，卻仍被文
壇當權派視為異己。

　　說到底，巴金很早便清楚自己的處境不能與胡風相比，嘗謂：「我一向認
為他是進步的作家，至少比我進步。」第一次文代會籌建之初，胡風被周恩來
「劃在『左』一類」〔註7〕，巴金卻沒有這種榮幸。於是，他便「決定採取自
己忘記也讓別人忘記的辦法」（《紀念雪峰》），力求避開文壇是非。他為第一次
文代會所寫的賀辭題為《我是來學習的》，會後僅被推舉為全國文聯和全國文
協委員。1951 年有關方面曾提議由胡風出任華東文聯主席，他任副主席，被
上面駁回；1952～1953 年他索性長期留在朝鮮採訪寫作，連第二次文代會也
未能出席……他的退避和畏縮就連胡風也看出來了，1951 年 4 月 22 日胡風在
給梅志的家書中寫到：

> 徐、雪都向我問到巴金，很有深意，但當時沒有覺得。見到他
> 們時，如他們問及，或有機會，你可以說一說實情。一、巴金是尊
> 敬我的，超乎一般人之上。我們一直保持著友誼。二、我的文章巴
> 必讀；而且總是說好的。三、何對我的「批評」，巴是很不滿的，雖
> 然何和巴關係很深。四、這兩年，我的情形似乎使巴有「前車之鑒」，
> 所以更世故了。五、據你觀察，在某一程度上，我是能給巴影響
> 的。……

〔註6〕《胡風全集》第 6 卷第 372 頁。
〔註7〕《胡風全集》第 6 卷第 113 頁。

信中談的就是華東局文藝處為籌建華東文聯遴選主席事。「徐」指徐平羽，時任上海市政府秘書長；「劉」即劉雪葦，時任華東局宣傳部文藝處處長；「何」指何其芳；「巴」當然指巴金。信中，胡風把自己的昂揚進取心理及對巴金謙卑壓抑的印象均表現得淋漓盡致。

從這個角度來體會巴金在獲知胡風被打成「反革命」後的感受，當更能理解他所說的「晴天霹靂」這四字的含義了：胡風如此「革命」，竟不能逃避打擊；他原本就不如胡風「進步」，厄運旋踵將至矣。他被迫一再「表態」，他的「過關」思想，都不是不能理解的。

「寫那麼錯」云云，這也要具體分析。

曾被胡風「加以輕蔑、謾罵和反對的」的作家很多，如《人民日報》按語所提到的「郭沫若、茅盾、巴金、黃藥眠、曹禺、老舍」等，還有沒被提到的沙汀、臧克家、姚雪垠等，他們在「表態」時至少要翻出「舊怨」來數落一番，但巴金卻並沒有這樣寫。

他與胡風沒有「舊怨」嗎？當然不是！上溯到 1932 年，有胡風妄指他為「第三種人」並敦促他改變「政治立場」的風波，當年他年青氣盛，連續發表三篇文章予以回擊，還宣稱：「如果要中國有更好的作品出來，先要剷除了（胡風）那一群（批評家）」〔註8〕；1945 年抗戰後期，胡風發動以反對「主觀公式主義」和「客觀主義」為旗幟的「整肅」運動，假想敵之一便是他，路翎操刀的批判文章已經寫好，但胡風顧忌到「官方」的干涉而未敢馬上發表〔註9〕；但胡風對巴金的看法影響了他周圍的一批青年作家，於是才引發了 1947 年「莫名奇」和耿庸揚稱要「弔死」他的那場鬧劇。

〔註8〕胡風在 1932 年至 1933 年發表兩篇文章批評巴金：《粉飾，歪曲，鐵一般的事實——用〈現代〉第一卷的創作做例子，評第三種人論爭中的中心問題之一》（載 1932 年 12 月《文學月報》1 卷第 5～6 期）和《關於現實與現象的問題及其他——雜談式地答蘇汶巴金兩先生》（載 1933 年 10 月 15 日《文藝》創刊號）。巴金於 1933 年至 1934 年發表三篇文章進行反擊：《我的自辯》（載 1933 年《現代》2 卷 5 期）、《批評家》（載 1934 年 1 月《文學季刊》創刊號）、《再說批評家》（載《文學季刊》第 2 期）。

〔註9〕路翎 1945 年 1 月 12 日致胡風信，說批判巴金的文章已經寫好。胡風於同月 17 日覆信，稱：「書評，好的。應該這樣，也非這樣不可。但我在躊躇，至少第二期暫不能出現。我不願意說，不管他們口頭上的恭維，在文壇上，我們是絕對孤立的。到今天為止，官方保持著沉默。而近半年來，官方是以爭取巴、曹為最大的事。這一發表，就大有陷於許褚戰法的可能，讓金聖歎之流做眉批冷笑當然無所謂，怕還會弄出別的問題。」

巴金在與胡風二十餘年的交往中（1932 年至 1955 年），大概可以算是受損傷最重的一個，但他在當年的「表態」文章中始終不提這些「舊怨」，他不願將「思想批判」混同於「政治鬥爭」，即使在自身處境最為困難的時候，他也沒有放棄這條「底線」。從這點來看，他還是比較厚道的。

附帶提一句，巴金與胡風在政治及文藝觀上有很大的差異，彼此的看法終其生都未有改變。1980 年 8 月 11 日胡風給王福湘去信，仍這樣寫道：「你在舉例中把郭沫若、茅盾、巴金以至曹禺和魯迅並列，我一向覺得這不符合他們的實際……」巴金晚年在《懷念胡風》一文中仍如此說：「我很少讀胡風的著作，對他的文藝觀也不清楚」，「我很少讀他的文章，他也很少讀我的作品」，「關於他我知道的並不多，理解也並不深。」

他倆表面差異很大，內面卻相同，該較真的地方都非常較真。

胡風書信中對周恩來的稱謂演變考
——紀念周恩來誕辰 110 週年〔註1〕

開篇說明

　　1949 年至 1953 年，周恩來兼管「文教口」的工作，曾具體指導過全國性文藝團體的組建、領導班子的人員配置、電影《武訓傳》的批判、胡風文藝思想的內部討論和公開批評，等等。在同一時期，胡風因工作和組織問題問題未能得到妥善解決，曾長年在上海、北京兩地奔波，心情十分鬱悶；又因本流派的作品及創作思想屢遭批評，曾多次請求周恩來約談，並作過一些徒勞無功的抗爭。為此，胡風及其友人與周恩來及其屬下，如胡喬木、周揚、丁玲、馮雪峰、林默涵、邵荃麟等，曾發生多次衝突，形成了建國初期文藝上一道「灰色」的景觀〔註2〕。

　　胡風在此期書信中，尤其在家書中，經常流露出對周恩來的期翼、期待、猜測，甚至抱怨。筆者試圖著眼於胡風書信中對周恩來的稱謂——「胡翁」、「父周」、「周公」、「副座」、「光明」、「父總」、「父爺」、「佛爺」——的演變，一窺其複雜的心路歷程，並折射建國初期文壇的原始景觀。

　　文中考證的諸「稱謂」大都為「隱語」，有些流於情緒化，有些有「信口

〔註1〕 載《新文學史料》2008 年第 3 期。
〔註2〕 1950 年 10 月 27 日胡風與胡喬木長談，談話內容見於「萬言書」中如下一段：「我耽心文藝上會出現一個灰色時期。這也是我想和周總理談的主要意思。胡喬木同志當時斷然否認了。」《胡風全集》第 6 卷第 114 頁。

打諢」之嫌〔註3〕。但筆者並不以為這便是胡風當年對所論者、所論事的正式評價，在此預作說明。

「胡翁」

「胡翁」之稱謂，僅見於胡風1949年3月10日自天津致梅志信，信中寫道：

> 到幾個地方走了一個多月，身心都很好。昨天來天津，大概明天又走，這次要走胡翁那裡，那以後就回到北平，或者有一個時期住。

該信收入《胡風家書》〔註4〕。編者注云：「胡翁，即周恩來（胡公）。」

據王樹人考證：「周恩來雅號『胡公』。這個雅號是他1928年開始在上海任中共中央組織部部長、中央軍委書記，從事黨的地下工作時獲得的。當時，環境險惡，周恩來以他過人的機智和冷靜，積累了豐富的地下工作經驗。由於社會上認識他的人太多，除了特殊情況，周恩來嚴格地把自己外出的時間限制在早晨7時以前和晚上6時以後。他對上海的街道里弄進行過仔細的研究，儘量少走大街，多穿小弄堂，也不搭乘電車或到公共場所去。通常，他化裝成上海灘隨處可見的商人，後來又蓄起了長鬚，因此在黨內留下了『胡公』的雅號。」〔註5〕

胡風結識周恩來也晚，1937年年底周恩來從延安抵達武漢就任中共長江局副書記，曾與胡風「有一次個別的懇切的談話」。胡風曾回憶道：「這時起，一直受到周恩來副主席的關注和指導。」〔註6〕其時，周恩來已剃去了長鬚，但周圍的人仍尊之為「胡公」。

1948年12月9日胡風奉命離滬，經由香港轉海路赴解放區，1949年初抵達東北解放區，3月9日抵天津，次日寫信給梅志。因那時上海尚未解放，來往信件須受檢查。胡風為家人安全計，故在信中使用隱語，將「胡公」寫為

〔註3〕胡風在《簡述收穫》中寫道：「在抗戰後期和戰後，和我有關的青年作者在通信中或口頭上就對個別左翼大作家發洩過不滿，我自己甚至對黨員作家也偶而發洩過。到了這時候在通信（「密信」）中就信口打諢了起來，用語和口吻竟達到了輕薄和惡劣的地步。」《胡風全集》第6卷第653~654頁。
〔註4〕胡風致梅志信均見於《胡風家書》，復旦大學出版社2007年版。下不另注。
〔註5〕王樹人：《一些著名共產黨人的「雅號」由來》，載《黨史博覽》2008年第2期。
〔註6〕《胡風全集》第7卷第209頁。

「胡翁」,將「去北平」寫為「回到北平」。

胡風於 3 月 17 日抵達中共統戰部所在地河北省李家莊,21 日下午在宴會上見到周恩來,有過簡短的交談。他在「萬言書」中曾憶及:「在李家莊,周總理囑我,到北平後和周揚丁玲同志研究一下組織新文協的問題。」次日,他給毛澤東、周恩來各去一信,熱情洋溢地贊道:「新社會滿地花滿天星。」〔註 7〕

3 月 26 日胡風抵達北平,當天即見到郭沫若、茅盾、周揚、沙可夫等人,郭沫若時為「新文協」(第一次文代會)籌委會主任,茅盾、周揚為副主任,沙可夫是秘書長。交談之後,胡風始知自己非但沒有進入「新文協」的決策層,甚至沒有被列為常委(共 7 人),只是籌委(共 42 人)之一。這使他「不能不注意這做法可能是說明了文藝上負責同志們對我沒有信任」〔註 8〕,「消極情緒」便由然而生〔註 9〕。隨後,他拒絕出任《文藝報》主編,拒絕參與起草關於國統區文藝工作的報告,拒絕在文化部任職,與文壇當權者的矛盾由是綿綿而生。

「父周」

「父周」之稱謂,首見於胡風 1949 年 10 月 28 日/30 日給梅志信,信中有如下幾段:

> 昨天子周來談,贊成到農村去一趟。有伴去,就去一次。他說還是做一個工作好,但我說明了要回上海。

> 留我,是要我在文化部下面掛個名,住在這裡。這等於把我擺在沙灘子上,替茅部長象徵一統,如此而已。前天,給父周去了一信,表示希望能見面之意。但我看,不見得約見的。面對面,他難於處理。

> 剛才父周叫人通知,下月初約談話。我不存什麼幻想,談得通一點算一點,不招反效果就是好的。

該信收入《胡風家書》。編者注云:「子周指周揚」、「父周指周恩來」。

按:有學者稱胡風把周恩來「視為父親」,故稱其為「父周」〔註 10〕。「父

〔註 7〕《胡風全集》第 6 卷第 716 頁。
〔註 8〕《胡風全集》第 6 卷第 107 頁。
〔註 9〕《胡風全集》第 6 卷第 109 頁。
〔註 10〕費振鍾:《家書後面》,載《書屋》2003 年第 3 期。

周」似可作此解，但「子周」卻不能如此解。筆者以為，「父周」與「子周」有對應關係，有以年齒區分兩位周姓人士的初衷。

信中談的是工作安排問題。第一次文代會前，胡風因拒絕出任《文藝報》主編，工作問題沒有得到落實。文代會閉幕後（7月27日），丁玲為了寬慰他，拉他去北海划船，勸他說，官也得有人去做嘛！郭沫若、茅盾他們去做官，讓他們做去好了……「好像是勸胡風不要跟人去爭官」〔註11〕。10月23日馮乃超（時任政務院文教委員會副秘書長兼人事處處長）找胡風談話，告之打算任命他為「文化部專門委員」，但他不願居於茅盾之下，猶豫未決。幾天後周揚來訪，「談到文藝學院問題」，但他更不願與之合作。考慮再三，他索性給周恩來去信，要求面談工作問題。信於10月27日寄出，30日便得到了回音。

他說是對約見「不存什麼幻想」，實則抱有莫大的期翼。11月8日的家書中表達得非常清楚：「現在是，等父周約見。好像子周想我在文聯或文協擔個名義，以示一統，也為他們掙場面。我並不是不願使他滿足，無奈這樣一來，等於使我躺在沙灘上，麻痺了我又對大局無益。這情形，非找父周徹底談一談不可。昨天雞尾酒會上見到，他說，我還沒有約你談話呢。可見他還記得要約見的。」

過去，胡風習慣稱周恩來為「胡公」，沿用的是抗戰時期的稱謂，以表達敬意；此信改稱「父周」，似乎敬意更深了一層。然而，從信中「我不存什麼幻想，談得通一點算一點，不招反效果就是好的」云云，卻讀不出有任何敬意在。這，不禁使人產生了疑惑。

抗戰後期，胡風曾與周恩來有過兩次產生「反效果」的談話：第一次是在1945年初，因《希望》第1期發表舒蕪的《論主觀》引發了爭議，中共南方局文委為此組織了幾次內部座談會，問題擴大到胡風主張的「反客觀主義」理論，雙方爭執不下，鬧到非周恩來親自出面解決不可的程度。胡風在會上對他的「反客觀主義」理論作了一些解釋，周恩來當即婉轉地批評道：「提『客觀主義』容易招誤解，也許用『旁觀主義』要好些。」次日周恩來又與他「單獨談話」，規勸他兩點：「一是，理論問題只有毛主席的教導才是正確的；二是，要改變對黨的態度。〔註12〕」第二次是在1946年初，時隔毛澤東的秘書胡喬木來重慶與舒蕪、胡風交換對《論主觀》的意見後不久，胡風於離渝赴滬的前

〔註11〕《舒蕪口述自傳》第236頁。
〔註12〕《胡風全集》第7卷第356、624頁。

一天去向周恩來辭行，「他提到思想問題，說延安反對主觀主義時，我卻在重慶反對客觀主義」〔註13〕。

對於這兩次談話，胡風事後都表示「沒有理解」或「沒有理會」。1947 年 2 月 21 日他為論文集《逆流的日子》作「後記」，意猶未平地寫道：

> 《置身在為民主的鬥爭裏面》。這發表在《希望》第一期，有的友人說它是《希望》的序言，也可以說是不錯的。當時正當民主運動漸旺的時候，我想指出文藝在民主鬥爭裏面的任務不只是空喊，因而把我的痛苦的感受簡單地寫了出來。我提出的病根之一是客觀主義，這就引起了可以說是大的「騷動」。有的說我反對客觀主義就是反對客觀，有的說我反對客觀主義就是主張盲動，於是嘖嘖喳喳，於是憤憤然或者惶惶然。但也終於露出本意來了，原來有幾個走紅的作家以為我是把他們當作客觀主義的標本。走紅的作家照例有他們的衛星，於是調解啦，討論啦，頗鬧了一大陣，但當然也是照例地不得要領地擱起。不過，最近聽說還有一位杞憂的勇士在個別地做口頭說服工作，他的理論是：說客觀主義不如說舊現實主義，客觀主義這說法會招一些作家們反感，何必呢，云。

當然，上面這段話也並不全部針對周恩來，也包括胡喬木、茅盾和何其芳。

由於留有這些「歷史的記憶」，胡風覺得周恩來「不見得」會約見他，即使約見，也不一定會有好的結果。

大概出於同樣的理由，周恩來在雞尾酒會上說「記得」要約見他，年內並未撥冗，兩年後方才接見。

「周公」

「周公」之稱謂，僅見於胡風 1950 年 4 月 20 日自上海致呂振羽信，信中寫道：

> 信早收到。在我說來，一些事情，固然有著文壇傳統來的因素，但已經不僅是一個文人相輕的性質，那已經轉化為不同一些的東西了。像我們面談時你所指出的，我自己也有責任，一種性格上的東西太影響做法了。我自己是知道的，但歷史的姻緣太深，現在已經不僅是我的做法所能為力的。在京時，曾約與周公一談，把我一向

〔註13〕《胡風全集》第 6 卷第 109 頁。

不願向任何人說的情形說一說，他也答應了。因忙，因去蘇，他約
過些時。但現在為止尚未來約。如來約，我當盡我的誠懇，能把你
一向所關心的事情跨過第一步，當然最好，但如不來約，我就這樣
像皮球一樣滾下去，只希望別人也少踢幾腳。

該信收入《胡風全集》第 9 卷。編者注云：「周公，即周恩來總理。」

呂振羽是著名的歷史學家、教育家，時任大連大學校長兼黨委書記。

胡風與呂振羽結識於抗戰中期。1940 年初他們在重慶是鄰居，「我們一見
如故，談得很投機，後來就成了無話不談的朋友。〔註 14〕」三廳解散後重組
「文工會」，他為「專任委員」，呂為「兼任委員」。皖南事變後，他去香港，
呂振羽去延安。1949 初在東北解放區重逢。第一次文代會後，他境遇不佳。
呂曾與他促膝長談，提了五條意見：

1. 不善於想方法使自己的主張多得人贊成，不反對；

2. 批評人的時候過於尖銳，使人不願意接收；

3. 對敵人固然嚴厲，但對自己人的態度不夠友好；

4. 對別人苛，但對自己不作自我批評（他聽別人如此說）；

5. 太容易相信人，應注意他們背面又是一套……〔註 15〕

信中提到「我們面談時你指出的」，就是上述意見。胡風很感激呂的關心，
但不認為呂的意見全對。他承認自己性格有缺陷，但堅持認為「歷史舊怨」太
深，非個人努力所能解決。

胡風於 1949 年 10 月 27 日給周恩來寄去求見信後，得到的答覆是 11 月
初約見，後未果。1950 年 1 月 8 日又致信胡喬木「請約談話」，17 日胡喬木來
訪，說「周（恩來）現在不能會談，但想談，等再來北京時」。胡風疑心周恩
來還是不願見他，便在 1 月 16 日／17 日的家書中抱怨道：「如萬一不約見，
不來理我，那我們就做化外之民罷。」

其實，胡喬木說的是真話，只是由於保密，未能說得太清楚。周恩來於 1950
年 1 月 10 日凌晨率領中國政府代表團乘火車赴莫斯科會同毛澤東同蘇聯政府
談判，啟程消息未見報，1 月 22 日《人民日報》才發表「周恩來總理抵莫斯
科」的消息。

胡風於 2 月 2 日離京返滬，5 月 5 日收到呂振羽來信，20 日覆信。信中

〔註14〕《胡風全集》第 6 卷第 642 頁。
〔註15〕《胡風日記》，收《胡風全集》第 10 卷。

稱周恩來為「周公」，沿用的是抗戰時期「文工會」諸人對周恩來的尊稱。
信中云，他想在周總理約見時把「一向不願向任何人說的情形說一說」，「把
你一向所關心的事情跨過第一步」，這「情況」及這「事情」指的都是與文
壇當權者的歷史舊怨與現實矛盾。他在 1951 年 10 月 15 日的家書中說得很
分明：「如見到父周，我要全盤托出的。對三花，我也要說一說，我對他容
忍了十多年，他反而不自檢討，來『出賣』我。賣我不要緊，但他卻毀壞了
革命的利益和莊嚴。我要爭取長壽，看他能得到什麼下場。」他要告御狀：
其一、「全盤托出」與周揚、胡喬木諸人的舊怨；其二、訴說與馮雪峰（「三
花」）十餘年來的糾紛。〔註 16〕

　　附帶提一句，胡風晚年給友人書信中還曾使用過「周公」的稱謂，但指的
不是周總理，而是周揚。如 1979 年 11 月 13 日自成都致李何林信：「看看《史
料》（2）周公笑談態度，我覺得應爭取把它印出。」其中的「周公笑談態度」，
指的是周揚在《新文學史料》第 2 輯上發表的《周揚笑談歷史功過》。又如 1979
年 11 月 20 日自成都致李何林信：「我以為，這個大會是周公替自己送終的會。
且聽下回分解罷。我以為，中央是下了決心考驗他們的。」其中的「周公替自
己送終的會」，指的是 1979 年 10 月召開的第四次文代會。

「副座」

　　「副座」之稱謂，首見於胡風 1950 年 10 月 4 日／6 日自北京給梅志信，
信中寫道：

> 　　昨天中午，葛琴請吃蟹，有秘書、南喬夫婦、胡繩、默寒、雪
> 峰。家康有事未能來。這不是像吃和氣酒麼？酒後，秘書和南喬說，
> 多玩一些時罷，談談文藝上的問題。我說，好的。那麼，就留下了。
> 住，也許可能依然住報館。

> 　　明天起，開始寫了。等秘書見了以後，才曉得能否見到副座的
> 事情。

　　該信收入《胡風家書》，編者注云：「副座，指周恩來。」
　　按：「副座」，實際上是「周恩來副主席」的簡稱。胡風在公開發表的文字
中一般稱其黨內職務，如在回憶錄和「萬言書」中。

〔註 16〕參看拙作《胡風、馮雪峰交往史實辯正——關於葉德浴《友誼的裂變和友誼的
　　　　回歸》》，載《粵海風》2007 年第 5 期。

　　1950 年 9 月 18 日，胡風應《人民日報》社之約赴京採訪第一屆全國工農兵勞動模範代表會議和第一屆全國戰鬥英雄代表會議，9 月 30 日兩會閉幕。10 月 3 日邵荃麟、葛琴夫婦設家宴款待重慶時期的老朋友，赴宴者有胡風、胡喬木、胡繩、喬冠華夫婦、林默涵、馮雪峰諸人。席間兩喬都挽留胡風在京多住些日子，北喬（胡喬木）並說要與他「單獨談話」。胡風於是決定「留下」，想藉此機會打聽周恩來何時能夠接見他。

　　11 月 8 日，胡喬木約胡風到中南海見面。談話內容見於次日胡風致梅志信，他寫道：「昨天秘書接到他那裡，吃了午飯，談了約一小時。主要的，是批評我把別人當作『異類』，別人雖然有錯，但也做了很多工作，等。……約了要多談幾次，並說父周要約談。慢慢磨罷。我想，馮主席和丁主編一定都說了我的壞話。不要緊，我會好好『頌揚』他們的。」

　　胡喬木對胡風的批評，仍是為他的政治抒情組詩《時間開始了》而發。年初，胡風在第二樂章《光榮贊》中譏諷了革命隊伍中的「皮笑肉不笑的不死不活」、「口應心不應的陰陽怪氣」、「牛頭不對馬嘴的謊話」、「擠眉弄眼的肉麻當有趣」、「輕浮的得意忘形」、「發臭的名位算盤」及「僵死的官僚主義」等現象。胡喬木曾批評他是「貴族的革命家」，不同意《人民日報》刊載。胡喬木果然又提到周恩來約談事，胡風仍決意要告御狀，除了那些宿敵外，又加上了丁玲（時任《文藝報》主編）。

　　1951 年元旦，胡喬木又約胡風談話，這次談了「三個小時半」，是為周恩來的接見「打前站」。胡風在 1 月 3 日家書中略述了談話內容，寫道：「一日晚上，秘書約去談了三小時半。目的是，要我參加三個工作之一：《文藝報》、文學研究所、將成立的文藝出版社。這社，或由馮三花臉任主編云，可見不過要我做任何一處的屬員而已。……秘書要我明瞭情況後決定。總之，看罷。詳情不寫了。——周也要約談的，云。」1954 年胡風在「萬言書」中也提到這次談話，但他把胡喬木建議的「三中選一」誤記為「人民文學出版社總編輯」、「《文藝報》負責」和「中央文學研究所教書」。

　　3 天後（1 月 3 日），總理辦公室通知接見。胡風於夜八時來到中南海，因周恩來去看牙醫，「臨時改約」。再一次通知接見，則在一年之後。

　　其後，胡風在致友人書信中也偶而以「副座」稱周恩來，如 1952 年 5 月 19 日自上海致謝韜信。他寫道：「昨得信，說于剛看過你，談到我的問題。談話的內容如何，望告訴我。要全部內容，他的話，你的話，你的印象，最後結

語，等。他的談話，可以作為某一種的反映的。望即告我，詳盡地。我五月四日發出信，七日可以寄到。信可能經他的手送上去，因而可能聽到副座的話。」于剛是周恩來辦公室工作人員，謝韜是中國人民大學教員。1950 年 6 月胡風曾與他們一道去四川參加土改，甚為相得。1952 年 5 月 4 日胡風給周恩來去信，提出召開「討論會」、「工作」和「移家」三個請求。他讓謝韜通過于剛打聽周恩來收信後的反應，做得有點出格。此外，他還曾在致路翎信中使用過「副座」的稱謂，指的也是周恩來，在此不贅。

但，胡風家書中所提到的「副座」，有時也指別人。如 1952 年 12 月 25 日家書，其中有「前三天約了副座，但直到今天還無約見消息。也許忙，也許在『研究』，我這裡只好等了」云云。編者以為指的仍是周恩來，沒有加注。其實，該處指的是林默涵，林時任中宣部文藝處副處長。

「光明」

「光明」之稱謂，僅見於胡風 1951 年 12 月 17 日致梅志信，信中寫道：

> 明天晚上，可以接到你的信了。我現在就在等著。想起來，回
> 到重慶後信寫得少，要你等得那麼難過，我實在有罪。見過「光明」
> 的話，不必告任何人。

該信收入《胡風家書》，編者未為「光明」加注。

1951 年 6 月至 9 月胡風按照胡喬木的安排去四川參加土改，9 月 27 日返京。抵京後即寫信給胡喬木，提出「移家北京」的問題，並問及周總理何時能約見。胡喬木於 18 日覆信，稱「工作問題」請與邵荃麟（時任中宣部副秘書長）商談，未答覆周總理何時接見的問題。10 月 21 日他與邵談工作問題，詳情見於 10 月 23 日家書：「前天，和邵爺談過了。當然說不上結果。看口氣，也曉得我是不去教書的。其餘的話，都屬於探聽口氣之類。看這些時會有怎樣的發展。也看父周和秘書會不會約見。我覺得他們也困難：不容易理解，也不容易轉圜，而且，還有所謂『威信』問題！」

經過邵荃麟的斡旋或其他原因，胡喬木還是於 11 月 6 日晚約見了胡風，並通知他周總理可能會在近期接見。胡風將信將疑，一周後（11 月 14 日）才寫信告訴梅志：「六日晚十二時，秘書約去談話，約一小時。故意那麼晚約去，就是不想多談的意思。……他自動地說父周要約談，我說，好的，我等他約。」

半個月後（12 月 3 日），約見終於實現。周恩來與胡風長談 5 個多小時。

胡風在當天的家書中寫道：

> 剛才回來。三時三刻談起，吃了晚飯，快九點了才辭了出來。談了這久，態度和藹，不能不說是優厚了。結果不出所料：1. 要參加集體生活（工作），注意年輕人應該，但也要和同時代人合作，互相討論，糾正錯誤；2. 對黨要提出要求，要更好地發揮力量，云云。你想，能不表示接受麼？後來，我提了些看法上的意見，並表示，現在這一線存在有嚴重的問題，不是簡單可以打出出路的。他不表示可否。我把這一個暗示留給了他，不管他不斷地說什麼還有光明面。最後，他說談話要有一個結果，我當然表示了接受他的意見。不過，同時也提出了明年暑假才移家。他態度上覺得太遲了，但也沒有表示反對。至於整風學習，他很看重，當然非參加不可。……還有，就是我提出了要求參加黨，也一定要一審再審的。所以，此事不必告任何人。

周恩來主要談了兩方面的問題：一是對胡風個人，勸告他調節人際關係，建議他申請入黨；二是對文藝現狀的評價，認為雖有問題，也有光明面，要辯證地看。胡風勉強接受了對他個人的意見，但保留了對文藝現狀的看法。他在 12 月 12 日家書中這樣寫道：「有『光明面』，當然是如此。然而，恐怕他所說的『光明面』並不就是實際的『光明面』，反而是壓迫這『光明』的什麼東西。他有氣魄，他全心為黨，然而，幾年了，還留著強不知以為知的那一種好勝的癖氣。你想，以他的地位，稍有偏差，那結果就不難想像了。不過，事已如此，什麼也顧不得了。」「他全心為黨」，這是對周恩來立場的評價，著眼點是政治角度；「還留著強不知以為知的那一種好勝的癖氣」，這是對周恩來個性的評價，著眼點是文藝角度。換言之，他認為周恩來是革命家，不懂文藝；非惟不懂，還要裝懂；於是乎便造成了自抗戰後期至建國後若干年文藝工作方向性的「偏差」。

於是，他索性就在 12 月 17 日的家書中徑稱周恩來為「光明」。

「父總」

「父總」之稱謂，僅見於胡風 1952 年 6 月 13 日自上海致路翎信，他寫道：

> 現在再不能不記住：是對人的問題。前天有一幕戲：聽到父總

拍胸保護夏的談話。有人聽得目呆口結了。

該信收入《胡風全集》第 9 卷。編者注云「父總」指周恩來。「夏」指夏衍。

按：「父總」之稱謂，當是「父周」與「總理」兩詞各取前一字的重新組合。

周恩來為何要「拍胸保護」夏衍呢？說來話長。

1951 年 4 月 25 日，《文藝報》第 4 卷第 1 期刊載賈霽《不足為訓的武訓》和江華《建議教育界討論〈武訓傳〉》，這是建國後第一場大批判運動開始的信號。5 月 20 日，《人民日報》發表社論《應當重視電影〈武訓傳〉的討論》，則標誌著該運動將向縱深發展。據有關資料，毛澤東是該運動的發動者，周恩來是組織實施者。當年 2 月電影《武訓傳》公演，3 月毛觀看過電影後即電話指示周要組織批判。周於 3 月 24 日召集沈雁冰、陸定一、胡喬木等開會，研究加強對電影工作的領導問題。會議決定三條，第二條中提到：「對《武訓傳》的批評需事先與該片編劇孫瑜談通。〔註 17〕」4 月 20 日周揚在政務院第 81 次政務會議上彙報《1950 年全國文化藝術工作報告與 1951 年計劃要點》時說到：「(《武訓傳》)是一部對歷史人物與歷史傳統做了不正確表現的，在思想上錯誤的影片」。中宣部和文化部即組織了一組批判文章。《文藝報》4 卷 1 期上刊出的賈霽、江華文及「編者按」，就是這樣出來的。

隨後，曾稱頌過武訓的一批文化名人開始作檢討，郭沫若的檢討題為《讀〈武訓歷史調查記〉》（載第 9 號），夏衍的檢討題為《從〈武訓傳〉的批判檢討我在上海文化藝術界的工作》（載第 10 號）。一時間，文藝界有人人自危之感。

周恩來及時發現了運動中的偏差，當年 7 月 12 日同剛回國的夏衍通電話，說：「關於《武訓傳》的事，我已和于伶通過電話，你回上海後，要找孫瑜和趙丹談談，告訴他們《人民日報》的文章主要目的是希望新解放區的知識分子認真學習，提高思想水平。這件事是從《武訓傳》開始的，但中央是對事不對人，所以這是一個思想問題而不是政治問題，上海不要開鬥爭會、批判會。文化局可以邀請一些文化界、電影界人士開一兩次座談會，一定要說理，不要整人。孫瑜、趙丹能作一些檢討當然好，但也不要勉強他們檢討。你方便的時候，可以把這個意見告訴饒漱石和舒同。並且重申：對事不對人。要孫、趙等

〔註 17〕《周恩來年譜》，中央文獻出版社 1997 年版。

人安心，繼續拍片、演戲。〔註18〕」

由此可見，周恩來在建國後文藝界的第一場運動中所要保護的不僅是新中國的電影事業，也不僅是上海文藝界主要領導人夏衍（時任中共上海市委常委、宣傳部部長），還包括下述責任人：電影《武訓傳》的導演孫瑜，武訓的扮演者趙丹，上海電影製片廠廠長于伶。

然而，胡風信中說該運動不是對「事」，而是「對人的問題」，他的看法則恰恰與周恩來相反。胡風習慣於把文藝思想分歧扯到人事鬥爭上面去，一個月前（5月19日）他在給路翎信中已寫過：「《報》上批評了夏爺的上海電影文學研究所。昨天聽說，副座和華東領導都不同意這個批評，云。當然，別人不能和夏比，但也可見複雜性的一斑。」這裡提到的批評文章指的是《文藝報》當年第5號（3月10日）刊載的嚴子崢《資產階級創作方法的失敗——關於上海電影文學研究所》，文中批評上海電影文學研究所「在作品中可恥地為資產階級宣傳」，並點名批評了該所理事會「主席夏衍」。周恩來及有關方面不同意這種批評，所持宗旨正是「對事不對人」，並無可議之處。

胡風對該運動的看法，影響了上海的一些青年朋友。耿庸、張禹、張中曉（羅石）、羅洛等紛紛在《文匯報》副刊「文學界」上發表批判文章，其文的共同特點是：認為武訓精神是「早就在歷史的塵埃中埋葬了的」，現在應該追究的是文藝領導及相關人的責任。

信中提到的「前天有一幕戲」，其實只是幾個人的閒聊。查胡風日記，6月11日的來客只有黃若海和王元化兩人。前者是普通的電影工作者，後者時任新文藝出版社任總編輯、副社長，且是上海出版局和市作協黨組成員。看來，講述內幕新聞的是王，而「聽得目呆口結」的是黃。

「父爺」

「父爺」之稱謂，首見於胡風1952年8月15日自北京致梅志信，信中寫道：

> 「態度」交出了四天，尚無動靜。當然，他們要研究，一定要細細咀嚼一番的。後天見鳳姐，看是什麼口氣。當然是，「理論」更重要之類罷。這，一方面要看父爺底意思，一方面，也許還得等軍師決定。

〔註18〕《周恩來年譜》，中央文獻出版社1997年版。

該信收入《胡風家書》。編者注云:「父爺,指周恩來。」

按:「父爺」,有兩種解讀:一、是湖北方言,荊州地區舊時稱父親叫「父」(音拉得較長),或「爺」(也是拖音),也有人稱父親為「父爺」〔註19〕。二、由「父周」變易而來,由「父」而入於「爺」,更顯其尊崇。

信中傾訴的是奉周恩來指示撰寫檢討時的委屈心情。

前面已提到,1952 年 5 月 4 日胡風給周恩來去信,提出「(召開)討論會」、「工作」和「移家」三個請求。7 月 6 日他收到周揚通知,約到北京去參加「文藝思想討論會」。於當月 19 日抵京,28 日被周揚約去談話,讀到周總理的覆信。周總理信中囑咐道:「如能對你的文藝思想和生活態度作一檢討,最好不過,並也可如你所說結束二十年來的『不安』情況。」他遂於次日「開始寫生活態度的檢討」(《對我的錯誤態度的檢查》),8 月 12 日改訖抄好,「交楊秘書轉送給周揚」。

信中說「他們要研究」,是推測周恩來(父爺)也許會與胡喬木(軍師)、丁玲(鳳姐)一起交換意見;「當然是,『理論』更重要之類罷」,是估計他們會提出這樣的質疑。胡風在該檢討中只涉及「二十年來」與中共組織的關係,未檢討理論問題。但他心存僥倖,期望周恩來、胡喬木能就此放手。

9 月 6 日「胡風文藝思想討論會」舉行了第一次會議,當晚他在家書中又一次使用了該稱謂,寫道:

> 大約三時開會,開到將近七時。子周主席開場,鳳姐幫腔要我說「心裏話」。不得已,把《報》上那封信的「意見」分析了。三花慌了,聲明了那是「斷章取義」,但撲上來,要談總的精神,談路線。子周又反撲。接著胡繩、何詩人、三花、王朝聞(他只敷衍地談了幾點)、默涵反撲,都是空話,壓人的大帽子,口氣是非檢討不可。子周收場,也是非檢討不可。總的希望是要承認唯心論、反毛路線。收場前我對事實聲明了幾句。

> 這第一戰就是如此。我這面幾槍傷了人,但對方放了大量的炮,卻沒有傷到一根頭髮。不過,雖然如此,情形非常困難。一、木字頭在後,再後還有父爺;二、子周霸權,非得壓服徐、陳不可,尤其徐近來二文,這是關乎他們存在根據的問題;鳳姐也非報復不可。

〔註19〕劉良華:《我「爹爹」》,載 http://blog.cersp.com/18893/242469.aspx。

其餘的人，當然跟著走，尤其是小胡，更是有宿仇的。三花也如此。

信中對這次會議的情況作了概述：胡風先就《文藝報》第 13 號上兩封「讀者來信」提出的批評作了解釋[註20]，發言者有周揚（子周）、丁玲（鳳姐）、馮雪峰（三花）、何其芳（何詩人）、胡繩（小胡）、王朝聞、林默涵等 7 人。林默涵作總結，責其必須就「現實主義」、「生活」、「主觀精神」、「民族形式」、「五四」五個方面的問題繼續檢討。

信中對「討論會」的進程和前景作了分析：一、推測「討論會」的主事者是胡喬木（木字頭），把舵者是周恩來（父爺）；二、認為周揚、丁玲要為路翎（徐嗣興）、阿壠（陳守梅）的反批評事進行「壓服」或「報復」；三、其他有舊怨者也將乘機發難，如胡繩、馮雪峰。

分析似不準確：一、當年年初胡喬木主持起草第二次文代會工作報告，因主張撤銷「文聯」而受到毛澤東的批評，周揚被從土改前線召回重新起草報告。自此，胡喬木不太管文藝，周揚重新擔綱。7 月 23 日周揚代表中宣部為召開「討論會」事致信請示周總理，周總理於 7 月 27 日批覆，明確指出：「同意你所提的對胡風文藝思想的檢討步驟」，「既然開始了，就要走向徹底。少數人不成功，就要引向讀者，和他進行批評鬥爭。」周揚自始至終主持「討論會」，而胡喬木從未介入。二、阿壠的兩篇文章受到《人民日報》批評事發生在 1950 年 3 月[註21]，其時胡喬木以新聞總署署長身份主管該報；路翎的小說和劇本受到《文藝報》批評事發生在 1952 年上半年[註22]，其時馮雪峰為該刊主編。路翎、阿壠反批評文章即使能夠發表，也不會對周揚的地位有任何影響。三、丁玲此時已無意繼續擔任文藝領導，兩個月後即向胡喬木提出辭呈，她沒有「非報復不可」的主客觀理由。至於胡繩（小胡）和馮雪峰（三花），前者在解放前批評過路翎的小說[註23]，後者在建國初拒絕刊發張中曉為「武訓傳

[註20] 胡風在「萬言書」中寫道：「（會上）得到林默涵同志底同意，就《文藝報》發表的『讀者中來』所提的理論問題說明了一下。」《胡風家書》編者認為「信」指舒蕪的《致路翎的公開信》，有誤。

[註21] 陳湧：《論文藝與政治的關係——評阿壠的〈論傾向性〉》，載 1950 年 3 月 12 日《人民日報》。史篤《反對歪曲和偽造馬列主義》，載同年 3 月 19 日《人民日報》。

[註22] 企霞：《一部明目張膽為資本家捧場的作品——評路翎的「祖國在前進」》，載《文藝報》1952 年第 6 號。陸希治《歪曲現實的」現實主義」——評路翎的短篇小說集」朱桂花的故事」》1952 年第 9 號。

[註23] 胡繩：《評路翎的短篇小說》，載《大眾文藝叢刊》第一輯。

批判」推波助瀾的稿件〔註 24〕，雖不是撮爾小事，也談不上「宿仇」。

「佛爺」

「佛爺」之稱謂，首見於胡風 1952 年 9 月 22 日自北京致梅志信。信中寫道：

> 無恥攻嗣興之文，大概還是要發表出來的。二十五出版，今天還沒有抽掉的消息。那麼，宗派和反毛二大罪就要公布了。鳳姐還說已收到了攻我信百多封，那麼，說不定下個月就會出現密集部隊的。這樣就這樣罷，他們也只好如此了。木公已回，雖然不見客不辦公，但這件事總該是他自己掌舵的。不存幻想，對佛爺更不存幻想，現在已看出完全是一種賭氣的做法，是什麼也不在乎了。連無恥都還要裝人像站出來含狗血噴人，那還有什麼話可說呢。但當然，事情總要等父爺回來才得告一段落。

該信收入《胡風家書》，編者注云：「木公，指胡喬木。」「佛爺，指周恩來。」

按：「佛爺」無所不能，似比「父爺」更為尊崇。

此信表露了胡風在舒蕪的《給路翎的公開信》即將發表前的思想波瀾。

舒蕪的《從頭學習在延安文藝座談會上的講話》於 1952 年 5 月 25 日在《長江日報》發表後，胡喬木批准《人民日報》轉載並親自寫了「編者按」，又指示袁水拍用《人民日報》名義再向舒蕪約稿，請他「寫篇較詳細的檢討和批評文章」。約稿信由該社編輯葉遙執筆，因不知舒蕪地址，寄武漢《長江日報》編輯部轉。舒蕪於 6 月 22 日寫成寄北京，一周後胡風已知曉其文的約稿過程及標題：6 月 30 日他在致路翎信中寫道：「無恥（指舒蕪）已寄一篇二萬字的致某青年小說家的公開信到《人民日報》。當會在那個《報》上發表的罷」；7 月 3 日他又在致路翎信中寫道：「這封《信》如出來了，非嚴正地對之不可。在上面，當然當作意外收穫。曾由武漢轉信他，要他深入地寫一寫，他就這樣『深入』了。」胡風的消息來源可能有兩人：一是《長江日報》的編輯綠原，二是《人民日報》的編輯徐放。

9 月 5 日，即「討論會」舉行第一次會議的前一天，「公開信」被打印出

〔註 24〕 參看拙作《胡風、馮雪峰交往史實辯正——關於葉德浴《友誼的裂變和友誼的回歸》》，載《粵海風》2007 年第 5 期。

來，送到參會者手裏。胡風讀過，感到非常惶恐，試圖採取一些措施阻止該文面世。他趕緊讓路翎寫了一份揭發舒蕪「叛黨」的材料送交中宣部〔註25〕，又約林默涵（時任中宣部文藝處副處長）談話。20 日收到林默涵的覆信，25 日下午在中山公園作了數小時的長談，他再次向中宣部揭發舒蕪為「破壞者」（內奸）〔註26〕。

然而，胡風試圖從政治上摧毀舒蕪以阻止「公開信」面世的目的並沒有達到，林默涵聽而不信。「公開信」仍於當日（9 月 25 日）載於《文藝報》第 19 號，「編者按」果然提出了「宗派和反毛二大罪」，如下：

> 這裡發表的舒蕪的《致路翎的公開信》，進一步分析了他自己和路翎及其所屬的小集團一些根本性質的錯誤思想。這種錯誤表現在：以小資產階級的個人主義的「鬥爭」當作革命道路，而否認工人階級的領導；片面地、過分地強調「主觀作用」，實際上這「主觀」卻是小資產階級的主觀，其實就是強調小資產階級的作用，企圖以小資產階級的面貌來改造世界。這種錯誤思想，使他們在文藝活動上形成一個小集團，在基本路線上是和黨所領導的無產階級的文藝路線──毛澤東文藝方向背道而馳的。

儘管如此，事態並不似胡風想像的那樣嚴重。當年 10 月甚至兩年之內，並沒有出現批判的熱潮。周恩來雖已於 8 月 15 日率領中國政府代表團訪蘇，「討論會」仍按原定部署進行，用內部批評來幫助胡風，暫不進行公開批評，一切皆在掌控之中。周恩來返國（9 月 24 日）後，「討論會」又於 11 月 26 日、12 月 11 日和 12 月 16 日舉行了三次會議。最後一次會議上，周揚責成胡風「自己做結論」，說：「如果不能自我批評，或做得很不徹底，那就一定要有批評來幫助他。」胡風隨即表示：「經過這一次，同志們坦白地說出了對我的意見，我感到愉快，但當然還要繼續檢查，作出結論，在工作上去認識並改正錯誤，請同志們相信我。」〔註27〕

話雖如此說，胡風內心裏仍把希望寄託在周恩來身上；「不存幻想」是假的，其實仍抱有莫大的期翼。1953 年 1 月 10 日他去拜訪老友陳家康，在 1 月

〔註25〕據胡風「萬言書」，1950 年冬路翎曾向他反映過舒蕪「在四川參加過黨，因被捕問題被清除出黨以後表現了強烈的反黨態度的情況」。《胡風全集》第 6 卷第 326 頁。
〔註26〕《胡風全集》第 6 卷第 463 頁。
〔註27〕《胡風全集》第 6 卷第 330、132 頁。

13 日的家書中寫道:「星期六晚上,和耳東閒談了三小時以上。他直率地說,不要我自己找房子,要我耐心地等,就是等到暑假也得等,等到佛心血來潮,那就解決了⋯⋯」他還感慨地寫道:「一句古話:『平常不燒香,臨時抱佛腳』。抱也是抱不來的。這要一看佛底心腸,二要看佛法無邊到什麼地步為止。等罷,等罷。」此信中的「佛」,是「佛爺」的簡化,都是指周恩來。

由於心存僥倖,一個多月後,胡風的「結論」仍未交出。周恩來於是批准公開發表林默涵、何其芳的兩篇批評文章〔註28〕,至此事態「才得告一段落」。

小結

1956 年 1 月 14 日,周恩來在中共中央召開的關於知識分子問題會議上作《關於知識分子問題的報告》,這樣說道:

> 在一部分知識分子同我們黨之間,還存在著某種隔膜。我們必須主動地努力消除這種隔膜。但是這種隔膜常常是從兩方面來的:一方面是由於我們的同志沒有去接近他們,瞭解他們;而另一方面,卻是由於一部分知識分子對於社會主義採取了保留態度甚至反對態度。在我們的企業、學校,機關裏,在社會上,都還有這樣的知識分子:他們在共產黨和國民黨之間、中國人民和帝國主義之間不分敵我;他們不滿意黨和人民政府的政策和措施,留戀資本主義甚至留戀封建主義;他們反對蘇聯,不願意學習蘇聯;他們拒絕學習馬克思列寧主義,並且詆毀馬克思列寧主義;他們輕視勞動,輕視勞動人民,輕視勞動人民出身的幹部,不願意同工人農民和工農幹部接近;他們不願意看見新生力量的生長,認為進步分子是投機;他們不但常常在知識分子和黨之間製造糾紛和對立,而且也在知識分子中間製造糾紛和對立,他們妄自尊大,自以為天下第一,不能夠接受任何人的領導和任何人的批評;他們否認人民的利益、社會的利益,看一切問題都從個人的利益出發,合乎自己利益的就贊成,不合乎自己利益的就反對。當然,所有這些錯誤一應俱全的人,在現在的知識分子中是很少數;但是有上述一種或者幾種錯誤的人,

---

〔註28〕林默涵:《胡風的反馬克思主義的文藝思想》,載 1953 年 1 月 31 日《人民日報》,《文藝報》第 2 號轉載;何其芳:《現實主義的路,還是反現實主義的路?》,載《文藝報》第 3 號。

就不是很少數。不但落後分子，就是一部分中間分子，也常有以上所說的某一些錯誤觀點。胸懷狹窄、高傲自大、看問題從個人的利益出發的毛病，在進步分子中也還不少。這樣的知識分子如果不改變立場，即使我們努力同他們接近，他們同我們之間也還是會有隔膜的。〔註29〕

如上的「隔膜」，是否也曾存在於胡風與他、他與胡風之間呢？

〔註29〕據谷羽：《五十餘年共風雨──懷念喬木》介紹，該報告的起草人為胡喬木。

胡風與「高爾基待遇」及其他〔註1〕

「高爾基的待遇」一語，始見於胡風 1951 年 11 月 4 日致梅志信，信中稱：

> 昨天到老聶家玩了一晚。聽老聶說，今冬明春，會發動一個對我的攻勢。老聶也以為不是理論問題，他曾聽說我向董老（武漢時候）要求過高爾基的待遇云。你看，就是這樣暗無天日！可以確信，這一年是三花殺了我的。〔註2〕

「老聶」即聶紺弩，時任人民文學出版社副總編，抗戰初期是《七月》半月刊的主要撰稿人之一；「董老」即董必武，時任國家副主席，抗戰初期為中共長江局的主要領導之一，曾關心過胡風；「三花」指馮雪峰，時任人民文學出版社社長兼總編輯，抗戰初期任中共上海辦事處副主任，曾領導過胡風。

胡風為何如此忌憚抗戰初期曾向政黨「要求過高爾基的待遇」一事？為何認定有關方面要秋後算帳？為何確信馮雪峰是迫害他的元兇？以下分述之。

一

所謂「高爾基待遇」，通常可理解為政黨領袖對文化界領軍人物的特別關照，其內涵不外是政治上的寬容及經濟上的支持：高爾基未加入布爾什維克，政治觀點也有所不同，但列寧始終視其為「親愛的同志」；高爾基靠稿費為生，並不寬裕，列寧曾調用用黨的資金，資助他辦刊物，資助他出國療養，等等。

〔註 1〕 載《粵海風》2008 第 6 期。
〔註 2〕 《胡風家書》，復旦大學出版社 2007 年 4 月版，下不另注。

胡風對「「高爾基的待遇」非常瞭解，1939 年 7 月，他曾從日譯本《列寧與藝術》中選譯了一部分，改題為《列寧與高爾基》，譯文中開頭兩段如下：

> 在和高爾基相識的二十多年中間，列寧把高爾基評價得高，深摯地熱愛他。列寧的對於高爾基的這樣的關係，在他們一道工作的時期，以及高爾基離開了列寧的時期，都可以看到的。

> 當高爾基不是充分地和列寧同一思想的時候，列寧衷心地感到悲哀，為了說服高爾基，用了不少努力和辯論，在和高爾基的通信裏面，他不斷地挑起了論爭，但並沒有停止對於他的尊敬。〔註 3〕

選譯部分特別突出了高爾基「離開了列寧的時期」及「不是充分地和列寧同一思想的時候」的幾段文字，這並不是沒有原因的。如果簡單地回溯一下抗戰初期他與中共長江局領導的關係，也許能對理解其當年的處境及思緒不無裨益。

1937 年 10 月，胡風從上海抵達武漢後，董必武非常看重他，曾在接見時允諾「直接聯繫」；1937 年 12 月 23 日，中共中央長江局成立（以下簡稱「長江局」），不久，便讓他進入了文藝的領導核心。據胡風回憶：「（年底）由博古組織了一個調整文藝領域工作的小組。博古以外，有何偉、馮乃超和我。這個四人小組，每週開會一次，報告文藝界的情況，交換工作意見。何偉同志還參加文藝以外的文化界的組織聯繫工作。這個小組一直繼續到抗敵文協成立。」這個「四人小組」中有三位是中共的高級領導幹部，博古時任長江局組織部長，何偉時任湖北省委宣傳部長，馮乃超時任長江局文委委員，只有胡風是黨外人士。〔註 4〕

可以說，長江局曾一度非常重視胡風，並不亞於列寧之於高爾基。

1938 年年初，國共兩黨開始籌建具有統一戰線性質的「中華文藝界抗敵協會」，元月底成立「臨時籌委會」，長江局指派胡風參加了籌建工作〔註 5〕。

〔註 3〕《胡風全集》第 8 卷第 637 頁。

〔註 4〕當年中共對武漢地區文藝運動的領導主要是通過長江局文委及「八辦」的「文藝中心小組」來實現的。據吳奚如《我所認識的胡風》所述，長江局宣傳部長凱豐兼任文委書記，文委成員有何偉、馮乃超、錢俊瑞，吳克堅、吳奚如等人。另據蔣錫金《抗戰初期的武漢文化界》所述，「八辦」的「文藝中心小組」組長為吳奚如，組員有金山、陳波兒、沙梅、林路和蔣錫金。胡風提到的「四人小組」，未見於其他人的回憶。

〔註 5〕《胡風全集》第 7 卷第 372 頁。

然而，胡風在籌委會中不敵王平陵（國民黨文化人），王平陵被推舉為籌備會總書記。這樣的結果顯然不是中共願意看到的，於是，長江局負責人周恩來、王明於 2 月 14 日拜見馮玉祥，敦請無黨派人士老舍出山掛帥。1938 年 3 月 27 日，在漢口市總商會舉行中華文協成立大會，以無記名投票方式選舉理事 45 名，前 20 名（以得票多少為序）依次為：老舍、郭沫若、茅盾、丁玲、陽翰笙、邵力子、馮玉祥、田漢、陳銘樞、老向、郁達夫、成仿吾、巴金、張天翼、王平陵、胡風、馬彥祥、穆木天、盛成、馮乃超。胡風排名第 16 位。4 月 4 日召開第一次理事會，推舉 15 人為常務理事，胡風勉強入選，僅任研究部副主任（主任為郁達夫）。

可以說，長江局此時已發現胡風無法勝任文藝界的領軍角色。

1938 年 4 月，中共長江局主持建立軍委會政治部第三廳時，便不再考慮胡風。據吳奚如（時任周恩來的政治秘書）在《我所認識的胡風》一文中的記述：「該廳的組成人員是以黨所領導的各左翼文化團體為單位，按分配名額向長江局提出名單，經研究批准。但處長一級人選則由長江局決定。那時，王明是長江局書記，大權獨攬，領袖自命，從那些左翼文化團體推薦的名單中，唯獨沒有一個以胡風為代表的《七月》社同人，也即自以為『魯迅派』的作家。」此事其實怨不得王明，左翼文化團體不推薦，長江局無從措手，「自以為」是魯迅的傳人也沒有用。

可以說，長江局自此時起不再看重胡風及其《七月》社同人。

1938 年 6 月，軍委會政治部又籌備成立「設計委員會」，由各廳推薦社會名流出任「設計委員」，月送「車馬費」二百元。中華文協負責人老舍、郁達夫均被提名，還是沒有胡風。吳奚如回憶道：「胡風對此（指前此的三廳人選，筆者注）有些不滿，我是周副主席的政治秘書，有責任向周副主席反映情況，並向周副主席提出建議：是否可推薦胡風為政治部設計委員。周副主席同意了，但被王明所否決。因為胡風是『魯迅派』，過去是反對『國防文學』的。」王明排斥胡風，未有其他史料作為佐證，暫宜存疑。即使屬實，其真正原因也不是吳奚如所說的那樣。史實很清楚，1937 年底長江局既能批准胡風參加「四人小組」，足證王明等人並不在意胡風是不是「魯迅派」，也不甚在意他是否反對過「國防文學」。

可以說，長江局此時對胡風的態度已由重視轉變為漠視。

綜上所述，胡風在 1938 年初曾兩次通過吳奚如向長江局提出「待遇」方

面的要求（進入三廳和就任設計委員），他的願望可借用家書中（9 月 6 日）的表述來說明，即希望政黨能給他提供一個「掛名拿錢，讓我自己好好做自己的事」的職業。所求未遂的原因，可以從主客兩方面進行分析：一是長江局主要領導王明沒有列寧式的肚量，他不能容忍黨領導的團體接納或贊助與黨不持「同一思想」的知識分子；二是胡風自身條件不夠，尚不具備非令長江局「深摯地熱愛」不可的高爾基式的實力。考慮到三廳事實上接納了國內大部分知名人士，胡風自身條件的不足應是主要原因。

附帶提一句，胡風當年為了能得到王明等的器重，也曾作過一些努力。如在《七月》第 2 集第 5 期（1938 年 3 月 16 日）上破例發表陳紹禹（王明）和博古的政治論文，但他的努力並未奏效。事後，胡風言不由衷地解釋道：「我覺得，王明博古的文章是太一般的門面話，沒有觸到問題實質，連文字也很庸俗。但對《七月》卻是一個大幫助，這也許可以解除我破壞統一戰線的嫌疑。」〔註 6〕

二

長江局不肯給胡風以「高爾基的待遇」，而把這一優遇給了從日本歸來的郭沫若。

吳奚如在《我所認識的胡風》中寫道：「當時黨中央根據周恩來同志的建議，以郭沫若繼承魯迅為全國左翼文化界的領袖，當我把這一決定向胡風等人傳達時，幾個《七月》社非黨同人有牴觸情緒，沉默不語。」

郭沫若的成就的聲望誠非胡風所能比肩，由他任「旗手」當然合適得多。郭抵武漢後，受到各界的熱烈歡迎；郭入主三廳後，武漢三鎮救亡運動開展得轟轟烈烈。胡風及《七月》雜誌的影響力相形見絀，1938 年 4 月《七月》在漢口生活書店的代售量由年初的三千份驟降到三百份。

長江局文委有理由質疑胡風及《七月》同人雜誌繼續留在武漢的必要性。

1938 年 1 月 16 日，馮乃超代表文委出席《七月》舉行的座談會，指出「七月社」同人「似乎有急於要求偉大作品而忘了抗戰」的偏向，並批評道：「我覺得，如果能夠參加到實際生活裏面，寧可不寫文章。」

同月，長江局文委動員滯留武漢的文藝家去山西參加抗戰。「七月社」同人蕭軍、蕭紅、聶紺弩、艾青、田間、端木蕻良接受薄一波邀請，於 1938 年

〔註 6〕《胡風全集》第 6 卷第 492 頁。

1月31日啟程赴山西臨汾參加救亡工作，唯獨胡風一人不聽召喚。

1938年2月初，博古親自找胡風面談，勸他「放棄刊物去山西」，被他斷然拒絕〔註7〕。於是，潘漢年（八辦負責人）便找到熊子民「要他不要做發行人」，企圖讓刊物自動坍臺。此事在胡風2月3日家書中有反映，他寫道：

> 《七月》發生了問題，我感到無比地氣悶。這回的問題，不是官方，而是自己。潘漢年等把子民找去，要他不要做發行人，至於我，頂好到臨汾去，由我自己決定云。看情形，這裡面一定有什麼古怪，好像從他們看來，我底幾個月的勞力，苦心，《七月》底健康的影響，不但不算什麼，反是一件壞事似的。

1938年7月，長江局文委又建議胡風去延安「魯迅藝術學院」任職，仍被他拒絕。此事在胡風1938年7月10日／11日家書中也有記載，他寫道：「革命家們，又在希望我到延安『魯迅藝術學院』去，如《七月》辦不成，他們一定更振振有詞了。」

1938年8月，武漢周邊戰事激烈，大撤退開始，《七月》已經停刊。長江局又給胡風提出兩個建議，要麼去延安「魯藝」執教，要麼去新四軍某部任職，他仍猶豫未決。此事在胡風8月7日和8月15日家書中都有提及，後一封家書寫得比較詳盡，節錄如下：

> 我自己有幾條路。一、到延安去；二、新四軍（在安徽）有一個宣傳部長無人擔任，要我去。這兩方面，每月可以寄家用津貼，但非得離開你，而且丟掉《七月》不可；三、到重慶弄《七月》，但那裡空氣既無聊，目前也找不到生財之路。在現在，也許放下《七月》，對我更好罷。然而，我想向西邊走，很想向西邊走呀！

1938年9月初，武漢周邊戰事告急，胡風考慮再三，決定西去與已在宜都的家人團聚。（9月13日）他在家書中寫道：「到宜都來休息，多麼好呵，然而，照我底環境，這樣一來，不曉得革命家要怎樣地冷嘲熱罵呢！」

胡風不願去山西，不願去延安，不願去安徽，只願「向西邊走」，這是許多研究者做夢也想不到的。不願去山西，可解讀為捨不得丟下《七月》；不願去延安，可解讀為不願為周揚共事；不願去安徽，則無從解讀。胡風問題，僅從宗派鬥爭或宗派情緒的角度來分析，顯然是不夠的。

也許就是由於胡風多次不聽召喚，長江局某些領導才決定不讓他進入三

〔註7〕《胡風全集》第6卷第319頁。

廳任職，也不推薦他出任「設計委員」，根本不考慮他所要求的「高爾基的待遇」。

三

1951 年 11 月 3 日晚聶紺弩透露「今冬明春」會有一個批判胡風運動的消息之後，胡風對其真實性確信無疑。

1952 年 3 月，胡風從蘆甸（時任中宣部工作人員）獲知中宣部某部長曾透露「討論他的問題的『時機成熟了』」〔註8〕；同月，從閣望（時任全國文協工作人員）處獲知全國文協黨組已印製好批判他的「文件」〔註9〕。4 月，讀到《文藝報通訊員內部通報》第 15 期上發表了《對胡風文藝理論的一些意見》，文中徵求批判他的文藝理論的稿件。這些信息更使他確信風暴即將來臨。

胡風審時度勢，決定主動出擊，於當年 5 月給毛澤東、周恩來去信，要求「討論」他的文藝思想，以求「結束過去二十年來不安的思想生活」〔註10〕。7 月 19 日他赴京參加中宣部組織的「胡風文藝思想討論會」；同月 26 日，中宣部副部長周揚約談話並出示了周恩來給他的覆信，信中敦促他就「文藝思想和生活態度作一檢討」，所謂「生活態度」，指的就是個人與黨的關係〔註11〕。

8 月 6 日胡風給梅志去信，談到他對周恩來覆信的認識，寫道：「（上面要清算的不是別的）就是個人對組織的關係，也就是二十年以來損傷了『大』字人們的一筆賬。」所謂「『大』字人們」即「大寫的人」，該說法源自高爾基的名言「以列寧為首的布爾什維克就是大寫的人的化身」，胡風借用來指代中共及其若干領導成員。

胡風深知他的問題「不是理論問題」，讀過周恩來的覆信後，便於次日開

〔註8〕 參看胡風 1952 年 3 月 17 日致路翎信。

〔註9〕 參看路翎 1952 年 3 月 20 日致胡風信。

〔註10〕周恩來同日給周揚、胡風分別去信，給周揚的信上寫道：「他既然能夠並且要求結束過去二十年來不安的思想生活，就必須認真地幫助他進行開始清算的工作。一次不行，再來一次。既然開始了，就要走向徹底。」給胡風的信上寫道：「如能對你的文藝思想和生活態度作一檢討，最好不過，並也可如你所說結束二十年來的『不安』情況。」

〔註11〕胡風 1952 年 7 月 30 日家書：「我已開始寫一個簡單的生活態度檢討，主要是二十年來沒有尊重領導的幾件事情。」8 月 6 日家書：「剛才把這個『生活態度』抄完了。還得兩天斟酌研究，弄定了以後再抄一次，就可以交出去了。這所謂『態度』，就是個人對組織的關係，也就是二十年以來損傷了『大』字人們的一筆賬。」

始撰寫關於「生活態度」的檢討，8 月 12 日改迄送交周揚。

　　該檢討迄今尚未面世，其主要內容大致可以從胡風 1952 年 10 月 12 日家書窺得一二。他在信中寫道：

　　　　八日信今天收到。子民到底是俠義心腸，可惜在京沒有見到。高爾基待遇、流氓作風之類，都是小人放的謠言，不值一笑的。但所謂『靠近黨』，是一個中心問題，今天這情況，是由於這個致命的問題而來的。但現在弄到以理論問題做題目，那就難辦得很。我不能歪曲真理來解決這個問題。

　　信中提到的「子民」應為「子民」，即熊子民，胡風的老朋友。熊子民時任中南軍政委員會財政經濟委員會委員，抗戰初期曾以民主人士的身份協助武漢「八路軍辦事處」（簡稱「八辦」）工作，並擔任過《七月》半月刊的「發行人」，後由於潘漢年（時為「八辦」負責人之一）的要求退出編輯部。

　　1952 年 10 月初熊子民赴上海公幹，與老友潘漢年（時任上海市副市長）談到抗戰初期的舊事，涉及到胡風當年的表現，所謂「（要求）高爾基待遇」、「（有）流氓作風」〔註12〕等，都是潘的原話。熊將談話內容轉告梅志，梅志寫信轉告胡風。

　　胡風雖將「高爾基待遇」和「流氓作風」斥之為「謠言」，但承認當年與中共長江局的關係是「致命的問題」，此說可與前信「殺了我」互證，足見該傳言對他的傷害程度。

　　他非常緊張。10 月 12 日致信梅志趕緊去找彭柏山（時任華東軍政委員會文化部副部長）打聽消息，叮囑道：「只就潘（指潘漢年）底話發些牢騷，別的不說什麼，看他如何表示。」

　　10 月 23 日又致信梅志，讓她趕緊找劉雪葦（時任中共中央華東宣傳部文藝處處長）等人解釋，寫道：

　　　　想起來，要再寫幾句。你這次，對子民、對柏（指彭柏山）、對雪（指劉雪葦）所表示的態度，是太老實了。在你，說我有錯就承認，這樣傳達我的態度，這是對的。但在你自己，第一，要表示氣憤不平，認為這是誣陷；別人不做，做得不好，如三花（指馮雪峰）

〔註12〕說的大概是與《戰地》主編舒群鬧毆事，詳情請參看錫金《左聯解散以後黨對國統區文藝工作領導的親歷側記》（載《新文學史料》1979 年第 4 期）和胡風回憶錄（載《胡風全集》第 7 卷第 406 頁）。

理論上一塌糊塗，也不在乎，反而整人，但胡某（指胡風）辛辛苦苦，沒有錯也要製造錯，這是什麼道理？第二，胡某對黨是真誠的，但現在反而誣陷他，中央就不管麼？第三，胡某沒有為個人，工作都是為黨的，黨員做得不好，未必就應該反轉來打他麼？……等等。

用你的口氣，什麼話都可以說的。

10 月 22 日梅志來信中又轉述了新打聽到的潘漢年言論，10 月 24 日胡風覆信，憤怒地寫道：「潘（指潘漢年）說不要弄到中央一件一件來進攻，我想，除了無恥式的造謠和來信式的『效果』，又有什麼可進攻的呢？」

潘漢年手頭似乎掌握著胡風當年在武漢的不少「把柄」，胡風卻以為全是造謠，但潘有必要這樣做嗎？

四

「高爾基的待遇「傳言的源頭可能來自聶紺弩，可能來自吳奚如，也可能來自潘漢年，但絕不會來自馮雪峰。

馮雪峰抗戰初期不在武漢。據包子衍《雪峰年譜》載：「1937 年 7 月上旬，（馮）會見以周恩來為首的中共代表團。因對王明路線不滿，與博古發生爭執……9 月中旬，寫信給潘漢年請假（返鄉），準備寫作以二萬五千里長征為題材的長篇小說。此後近兩年間失去黨的組織關係。」

然而，胡風在兩封家書（1951 年 11 月 4 日和 1952 年 10 月 23 日）中卻認定該傳言與馮雪峰（三花）有關，這又是為什麼呢？

胡風與馮雪峰之間的歷史恩怨，不是幾句話說得清楚的。他認定馮雪峰是流言的源頭，以為馮雪峰想藉此流言「殺」他，大體出於建國後的利害衝突：在第一次文代會上，馮雪峰曾向胡風表示過對茅盾所作報告的不滿，但隔天後即改變了態度，胡風有被「出賣」的感覺；1950 年初上海籌備成立文聯，內定夏衍任主席，馮雪峰、巴金任副主席，胡風覺得很壓抑，在致友人信中稱「上海被幾個猛人馳騁著，我們出書出刊物都不可能」；1950 年 6 月他與馮因如何處理讀者對冀汸長詩《春天來了》的批評發生嚴重的衝突，鬧到了幾乎反目的程度；其三，馮對他的工作安排形成阻礙。1951 年初胡喬木給了三個工作崗位讓他挑選，其一是正在籌建的人民文學出版社，就在他猶豫未決之時，周恩來點名讓馮出任該社社長兼總編，這使他悵然若失；1952 年初馮接替丁玲主編《文藝報》，大量刊登批判胡風派的文章，他於是出離憤怒了。

　　當然，胡風也清楚馮雪峰當年並不在武漢，不可能製造該流言；他只是把馮雪峰當作惡意的謠言傳播者，認為他有藉此「整」人以滿足私欲的目的。在他看來，馮是有可能從董老處或潘漢年處獲知他抗戰初期在武漢的情況的：馮與董結識於中央蘇區，1933 年底馮由上海赴任瑞金就任中央蘇區黨校教務主任時，董任該校副校長；馮與潘的關係也很深，1937 年初潘漢年任中共上海辦事處主任，他任副主任。馮獲知該傳言後，有可能告訴聶紺弩，他倆當年是人民文學出版社的正副總編輯，私人關係很好。

　　不過，迄今為止，尚未發現建國初期馮雪峰利用該流言來「整」胡風的相關史料。

《胡風家書》中「師爺」指的是誰〔註1〕

　　《胡風家書》〔註2〕收錄了胡風致梅志的三百餘封信，為研究者提供了難得的原始資料。遺憾的是，由於注解稍欠準確，給讀者增添了解讀的難度。

　　胡風在私人通信中習慣於以「隱語」指代他人，《胡風家書》中尤多，若編者未詳加考辨，注解中就難免產生失誤，使讀者無所適從。如「師爺」的誤釋，即突出的一例。

　　「師爺」之稱謂首見於胡風1952年12月12日家書，信中寫道：

　　　　「昨晚開了會。林、馮、何三位轟了一陣。早料到如此，果然如此。說是下周再開一次，就結束了。下次是胡、邵二位。下次當然要我發言的。以後呢？那就不知道了。不存幻想，當然好辦。如陷在荊棘林中，現在只求早日結束。結束後，看怎麼來罷？師爺昨晚都出了席，可見隆重。」

　　　　編者曉風注云：「師爺，指胡喬木。」

　　信中提到的「開會」，指的是1952年下半年中宣部召集的「胡風文藝思想討論會」（下略為「討論會」）。會期長達3個月，於9月6日、11月26日、12月11日和12月16日共舉行過四次會議，該信說的是第三次會議的情況。「林、馮、何三位」指的是林默涵、馮雪峰、何其芳，「胡、邵二位」指的是胡繩和邵荃麟。「師爺」是否指胡喬木，尚有疑問。

　　根據胡風家書的記述，「師爺」沒有出席第一次和第二次會議，但出席了

〔註1〕載《博覽群書》2008第7期。
〔註2〕復旦大學出版社2007年4月版。

第三次會議。這給我們的考證提供了線索。

胡風日記提供了出席第一次會議者名單，計有周揚、丁玲、馮雪峰、何其芳、胡繩、王朝聞、林默涵、嚴文井、袁水拍、陳企霞、胡風共 11 人，這些人都不會是「師爺」。

舒蕪日記〔註3〕提供了出席第二、三次會議者名單。第二次有周揚、胡繩、邵荃麟、馮雪峰、林默涵、嚴文井、王朝聞、艾青、葛琴、王淑明、周立波、蕭殷、陳企霞、胡風、路翎和舒蕪共 16 人。這些人也可以排除。

第三次「除上次的十六個人而外，又加上張天翼，何其芳，田間，楊思仲，陽翰笙，合共二十一人。」繼續採取排除法，疑似「師爺」者還剩下張天翼、楊思仲、陽翰笙三人。

胡喬木既不在出席第一、二、三次會議者的名單中，也不在疑似者中，肯定不是「師爺」！那麼，「師爺」是三人之中的誰呢？

胡風 1952 年 12 月 17 日家書中再次出現「師爺」之稱謂，信中寫道：「最後一次會，晚八時到一時過或二時左右。發言者有胡、邵、艾、田、子周，還有師爺。兩次，師爺都參加了的，可見嚴重程度。」編者未對「師爺」再行加注，當是仍默認為胡喬木無疑。

「師爺」在第四次會議上發了言，這又為我們的繼續考證提供了線索。

查閱胡風 12 月 16 日日記，分明記著：「約八時開會。發言者：胡繩、荃麟、田間、艾青、陽翰笙、何其芳、周揚。」在 12 月 17 日的家書中，「胡、邵、艾、田、子周」既與「師爺」並列，可以排除；何其芳出席過第一次會議，也可以排除；楊思仲、張天翼未作發言，也應排除。於是，「師爺」只能指陽翰笙。

然而，問題又來了。當年胡風為何視陽翰笙的出席為「隆重」、「嚴重」呢？

查陽翰笙簡歷，此君在建國初任中央人民政府政務院文化教育委員會委員、副秘書長、中共文化教育委員會委員機關黨組書記，並兼任中共中央統戰部一處（文化處）處長、對外友好協會副會長、國務院總理辦公室副主任等職。正是這最後一個職務，使得胡風對之有所忌憚。在他看來，陽翰笙是代表周恩來出席「討論會」的。

話又說回來，「師爺」是「秘書」的舊稱。胡風稱陽翰笙為「師爺」，是

〔註3〕舒蕪：《參加胡風文藝思想討論座談會日記抄》，載《新文學史料》2007 年第 2 期。

由於他時任「副秘書長」。編者將「師爺」標注為胡喬木，也是由於他身兼某要人的「秘書」。誤識就是這樣發生的。

「師爺」之稱謂的最後一次使用，見於胡風 1953 年 1 月 5 日家書，信中寫道：「明後天或者到師爺處打一轉，不過，沒有什麼意思。和這類人談話，好像和影子打交道。」查閱胡風日記，1 月 6 日載有：「訪三花。訪盛家倫，一道聊天，到小館喝酒吃麵。訪陽翰笙。」馮雪峰（「三花」）時任人民文學出版社社長兼《文藝報》主編，不是秘書；盛家倫是音樂家，也不是秘書；只有陽翰笙在秘書位上，可稱為「師爺」。

綠原《幾次和錢鍾書先生萍水相逢》
失記考 [註1]

　　綠原先生的《幾次和錢鍾書先生萍水相逢》[註2] 寫的是他與辭世未久的學術泰斗錢鍾書「幾次 far between 式的邂逅」[註3]，情真意切，引人注目。

　　文中有一段寫到他在「反胡風運動」中因偶然讀到錢先生寫的一篇批判文章，並由此覺察到自己的政治歷史可能遭到了歪曲，於是及時向上級提出申訴，並得到改正的一段傳奇故事。原文如下：

　　　　1955 年，我因與胡風的友誼「奉命」隔離反省，先被關在中宣部宿舍的一間空屋裏。一次上廁所，看見地上有一張人民日報。我已有個把月沒看報、沒聽廣播，便把那張報撿起來瀏覽一下，果然上面有批判胡風的文章，一篇的作者竟是錢鍾書先生。這倒也不奇怪，時至今日，名人大都亮了相，錢先生再拖著不寫，恐怕是不行的。當時只知道，全社會已被動員起來，「提高警惕，揭露胡風」，究竟揭露了些什麼，卻一點也不知道。忽然從錢文讀到這樣一句，「……想不到胡風集團藏有美蔣特務」，誰是「美蔣特務」？此話引起了我的警惕。原來 1944 年（抗戰勝利前一年）我在大學和其他同學一齊被徵調當美軍譯員；受訓期間，因未參加集體入（國民）黨，

　　[註1]　載《博覽群書》2008 年第 11 期。
　　[註2]　該文原載《新文學史料》2002 年第 3 期，收入《綠原文集》第 4 卷。
　　[註3]　「far between」是英語成語「few and far between」的簡省，通常被釋為「偶而發生的」或「隔很久才發生的」。綠原先生所說的「幾次 far between 式的邂逅」，或可釋為「幾次似疏卻密的見面」，「疏」說的是時間，「密」指的是感覺。

−409−

被當局認為「有思想問題」，我將被派送「中美合作所」，後經胡風
幫助，才逃往川北。去見胡風之前，我曾給他寫信說過此事，是不
是那封信今天被抄查出來，產生了莫大的誤會？於是，當即通過看
守，請求和審訊員（公安部派來的）談話。為了讓我主動交代，審
訊員先還向我保密，以反問的口吻搪塞我：「你知道這是說的你？胡
風集團每個人的政治歷史你都清楚？」後來見瞞不住了，便直接問
我：「你什麼時候從『那裡』出來的？」我的回答是，我根本就沒有
到「那裡」去過；并帶著情緒補充一句：「要憑那封信把我打成特務，
我死不瞑目！」審訊員當即呵斥道：「是就是，不是就不是。不准對
組織發誓！」大約半年不到，經過內查外調，所謂「美蔣特務」的
嫌疑問題終於被公安部取消了。儘管後二十多年來，社會上一直仍
不知曉，審理案件的公安部畢竟早已為我作了一個符合實際的結論。
今天回想起來，這個問題當年能及時由我本人出面澄清，不能不間
接感謝錢先生的那篇文章，否則公安部再怎麼實事求是，也不會那
麼快就把問題搞清楚。

在筆者的印象中，1955 年 5 月 13 日以後能夠在《人民日報》「反胡風」
專欄上刊載表態文章的「名人」，大抵是有關方面在政治上比較放心的各界人
物。錢先生當年政治上並不「開展」，似乎不會有這種榮幸。前幾年，謝泳先
生在《中國自由知識分子的內心世界——四個著名知識分子五十年代的言論》
一文中披露了 1956 年初高教部整理的一份「關於北京大學的調查報告」，其中
提到錢先生建國初的「反動言論」，原文照引如下：

　　反動的：一般是政治歷史複雜並一貫散佈反動言論。如文學研
究所錢鍾書……（筆者略）在解放後一貫地散佈反蘇反共和污蔑毛
主席的反動言論；一九五二年他在毛選英譯委員會時，有人建議他
把毛選拿回家去翻譯，他說「這樣骯髒的東西拿回家去，把空氣都
搞髒了」，污蔑毛選文字不通；中蘇友好同盟條約簽訂時，他說：「共
產黨和蘇聯一夥，國民黨和美國一夥，一個樣子沒有區別」。他還說：
「糧食統購統銷政策在鄉下餓死好多人，比日本人在時還不如」；當
揭發胡風反革命集團第二批材料時，他說；「胡風問題是宗派主義問
題，他與周揚有矛盾，最後把胡風搞下去了」等等反動言論。

且不論錢先生對「毛選」的看法，只論其對《中蘇友好同盟互助條約》（簽

訂於 1950 年 2 月)、「糧食統購統銷政策」（制訂於 1953 年秋）及「胡風反革命集團第二批材料」（公布於 1955 年 5 月 24 日）這些重大事件所發的議論，他實在不是可以讓有關方面放心的「名人」。

然而，綠原卻說在《人民日報》上讀到了錢先生的表態文章，這不能不令筆者感到詫異，也引起了探求真相的欲望。

筆者決定翻檢當年的舊報，時間範圍很容易確定：上限為 1955 年 6 月 10 日，《人民日報》於此日登載了《關於胡風反革命集團的第三批材料》，按語稱：「綠原在一九四四年五月『被調至』『中美合作所』去『工作』。『中美合作所』就是『中美特種技術合作所』的簡稱，這是美帝國主義和蔣介石國民黨合辦的由美國人替美國自己也替蔣介石訓練和派遣特務並直接進行恐怖活動的陰森黑暗的特務機關，以殘酷拷打和屠殺共產黨員和進步分子而著名的。誰能夠把綠原『調至』這個特務機關去呢？特務機關能夠『調』誰去『工作』呢？這是不言而喻的了。」下限為當年 7 月底，據「綠原年表」（載《綠原文集》第 6 卷），他於 5 月 14 日「被通知停職反省」，「7 月遷中宣部西單大磨盤院宿舍，被單身監禁。公安部來人負責審訊『胡風反革命集團』問題，陳述交代從未去過『中美合作所』的歷史真相」。筆者擬定的時間範圍大於綠原所說的自「隔離」後的「個把月」，錢先生如果發表了表態文章，肯定會在這個時間段之內，再晚一點（當年 8 月），「反胡風運動」就轉入了「肅反運動」。

筆者在圖書館裏坐了三天，查閱了三遍。沒有查到署名「錢鍾書」的文章，卻查到了一篇署名「錢鍾韓」的文章。該文題為《科學技術工作者要積極參加粉碎胡風反革命集團的鬥爭》（載 6 月 24 日《人民日報》），文中果然有「美蔣特務」的提法，錄如下：

> 《人民日報》公布的關於胡風反革命集團的第三批材料，更進一步暴露了胡風集團的反革命陰謀活動和政治背景。原來，胡風集團的許多骨幹分子乃是偽裝著的美蔣特務，他們配合美帝國主義和蔣介石賣國集團，進行著有組織、有計劃的暗害行為。我們科學技術工作者一致要求徹底揭露和打垮這樣的反革命組織，並嚴屬要求鎮壓罪大惡極的反革命分子胡風……

錢鍾韓（1911～2002）是錢鍾書（1910～1998）的堂弟，年齡相若，專攻不同，大錢學文，小錢學工，都曾留學歐美，都於抗戰時期返國，建國後都是本專業的頂尖人物。

　　綠原先生將「錢鍾韓」誤記為「錢鍾書」，除了年久失記的因素外，也可以從記憶心理學上得到解釋：錢鍾韓與錢鍾書只是一字之差，屬於同類形象的近似關聯，不熟悉兩「錢」的人很容易誤植。

2009 年

從《胡風致舒蕪書信全編》中的
「梁老爺」說起〔註1〕

　　曉風輯注《胡風致舒蕪書信全編》（上），載《新文學史料》2008 年第 1 期。其中第 35 信（1945 年 1 月 18 日）中有如下一段：

　　　　（《希望》）二期，書店說不送審，但我一下鄉，又送審了。大概是梁老爺堅持的。這樣一來，舊年內就不能出世了。三期稿，要二月二十左右付寄才好。長的外，務要寫至少八則短的來。我自己沒有一點工夫，但目前尚無別人寫，而它又必要，非僅為活潑，且為塞老爺們之口。我們可以說：老爺，你看，箭頭不是這樣向著的麼？

　　曉風注云：「『梁老爺』指國民黨中宣部長梁寒操。此信第四段中所言，由於刊物必須通過國民黨的圖書審查，所以胡風希望多用短的雜文，『為塞老爺們的口』。由此可見，『老爺』指的是國民黨的書審官們。」

　　注文皆誤。

　　首先，梁寒操當年已不是國民黨中宣部長。據梁寒冰、魏宏遠主編的《中國現代史大事記》，1944 年 11 月 20 日國民黨中央常委會宣布改任「王世杰為宣傳部長，梁寒操為海外部長」。因此，該信中的「梁老爺」，不可能指梁寒操。

　　其次，當年文化刊物在出版前並不是「必須通過國民黨的圖書審查」。據袁亮《建立事後審查制度略考》（載《出版科學》2005 年第 5 期）所述，1944

〔註 1〕 載《博覽群書》2009 年第 2 期。

年 5 月 24 日國民黨五屆十二中全會閉幕後即公布了《修正圖書雜誌審查條例》,「這個修正條例規定,以論述軍事、政治、外交為目的的刊物和圖書,要事先送審原稿,而不以論述軍事、政治、外交為目的的書刊,則可以事後送審」。信中「書店說(可以)不送審」,便是依據這個「修正條例」。

再次,舒蕪的「短的」(雜文)不可能取悅於當局。他在《希望》第 1 期共發表雜文 11 篇,如《「能為中國用」》(林慕沃)、《「夷狄之進於中國者」》(葛挽)、《耶穌聞道記》(姚箕隱)、《宰相是怎樣「代表」平民的》(但公說)、《我佩服「曾文正公」》(宗珪父)等,無不借古諷今極盡嬉笑怒罵之能事,怎麼可能「塞」住國民黨的書審官們之「口」呢?

在弄清如上史實的基礎上,方可繼續解讀上引第 35 信的有關內容。

「書店」指的是重慶「五十年代出版社」,該社由民主人士金長佑和梁純夫合作創辦,金為社長,梁為總編輯。該社承接了《希望》的出版發行業務。

「梁老爺」指的是該社總編輯梁純夫。當年辦刊物、開出版社的文化人,多自稱「老闆」或被人稱為「老闆」。據陳原《憶梁純夫》一文回憶:翦伯贊每次進城辦事總是先找梁純夫,「飲茶,吃飯,都由純夫這號稱『老闆』兼自封『總編輯』的包了」。胡風平素也稱梁為「老闆」,這次是由於刊期延誤而生氣,故諷刺地稱其為「老爺」。

梁純夫為何不願依照「修正條例」的「新」規定,而「堅持」要將《希望》原稿事先送審呢?並不是沒有原因的。究其實,《修正圖書雜誌審查條例》雖規定文化類書刊不必事先送審,但卻有事後追懲制,並未放鬆思想控制。袁亮揭櫫道:「實際上按這一規定事後送審的書刊,同樣被大批查禁。如巴金著《憩園》、法國小說《紅與黑》、西南聯大編選《語體文示範》等書,均被戴笠系統特檢處全部沒收。」梁純夫看穿了當局的這一伎倆,於是「堅持」事先送審,以絕後憂。

事實證明,梁純夫的未雨綢繆是有遠見的。《希望》第 1 期的原稿曾於 1944 年 10 月中旬送交重慶「圖審處」審查,該處認為胡風的一篇論文和何劍熏的一篇諷刺小說有問題,又呈交上級部門「中審處」裁決,胡風的論文被發還,何劍熏的小說被抽下。刊物雖延至次年元月初出版,但總要比被「全部沒收」好得多。

在澄清了胡風對「五十年代出版社」及對梁純夫的誤解後,便可進一步釋

讀第 35 信中「塞老爺們之口」中的「老爺們」是不是指「國民黨的書審官們」
了。

從如下兩封私人通信中可略見端倪——

《希望》第 1 期面世後，路翎在給胡風信（1945 年 1 月 12 日）中談到刊
物引起的反響，稱：「《希望》，數十本的樣子，北碚已賣空。大家覺得比先前
的力量高。汸兄說，周谷城在讀《論主觀》。」

胡風在覆信（1 月 17 日）中寫道：「不管他們口頭上的恭維，在文壇上，
我們是絕對孤立的。到今天為止，官方保持著沉默。……恐怕管兄（指舒蕪）
又已引起一些官僚在切齒了。」

該覆信的寫作時間只比第 35 信早一天，信中的「官方」和「官僚」可視
為第 35 信「老爺們」的注腳。

該覆信中的「又已」兩字為解讀「老爺們」這類貶詞提供了重要的線索。

如果「官方」、「官僚」、「老爺們」指「國民黨的書審官們」，該信中的「又
已」便站不住腳。試想，舒蕪的文章曾隨《希望》第 1 期原稿事先送審，重慶
「圖審處」並無異議，此番哪來的「又已」？

如果「官方」、「官僚」、「老爺們」指的是中共南方局文委及其成員，「又
已」倒是說得通。1944 年舒蕪曾寫過一篇與郭沫若爭鳴墨學的文章，胡風推
薦給陳家康、喬冠華，後者同意在其主編的《群眾》上發表，後因南方局文委
整風而被迫撤稿；此次舒蕪在《希望》上發表《論主觀》，其初衷便是為上年
這篇胎死腹中的論文叫屈，並藉以批評整風運動中存在著壓制思想自由的傾
向，胡風料定南方局文委絕不會對該文視若無睹，故而在覆信中用了「又已」
二字。由此可見，該信中的「官方」和「官僚」，當然不會是指「國民黨的書
審官們」。

事情也果真如胡風所料，一周後（1 月 25 日）中共南方局文委通知他參
加為《希望》召集的座談會。馮乃超主持會議，茅盾、蔡儀、馮雪峰、侯外盧
等嚴厲地批評了舒蕪的《論主觀》，以群發言贊同茅盾的意見，但稱讚了《希
望》所載的雜文。

1 月 28 日胡風給舒蕪去信，通報這次座談會的情況，寫道：「我的估計完
全對了（抬腳的也當場恭維了雜文），後記裏的伏線也完全下對了。看情形，
一是想悶死你，一是想借悶死你而悶死刊物。」信中「我的估計」，是指上引
第 35 信中對雜文重要性的強調；「完全對了」，是說雜文果然「塞」住了「老

爺們」的嘴；「抬腳的」指以群，他是中共南方局文委成員，亦即胡風信中所說的「老爺們」之一。

事情非常清楚，第35信中的「老爺們」，當指中共南方局文委及其成員無疑。

牛漢眼中的胡風〔註1〕

　　上月購到柯啟治、李晉西編撰的《我仍在苦苦跋涉：牛漢自述》（生活、讀書、新知三聯書店 2008 年 7 月出版），反反覆覆地讀了，覺得真是一本有意思的書。

　　說它有意思，有如下三個理由。

　　一是該書講述了關於前「胡風派」的一些未為人知的細節。

　　如當年圍繞著胡風實際存在著兩個親疏不等的小圈子，書中寫到牛漢當年的感受：

> 　　（1953 年）我從東北回來後常去太平巷看望胡風，一個月至少有兩三回吧，有時在太平巷胡宅還見到魯煤、魯藜、徐放、綠原、蘆甸、嚴望、謝濤（應為謝韜，筆者注）等。但徐放告訴我，他們還有更親近的人在別的時間約會。（第 103 頁）

　　牛漢等處於比較疏遠的圈子，他們「希望少談政治，多談詩創作的得失」，常於周末在胡風家中聚會；「更親近的人」則形成了另一個圈子，他們「在政治上」有所訴求，於是「在別的時間約會」。牛漢「得知他們另有一幫人，對此很不理解」。

　　又如當年他們對胡風的評價存在著很大的差別，書中描述了「1954 年深秋的（一次）聚會」，寫道：

> 　　當時胡風的處境令人很傷感，他被擺在一邊受冷淡。蘆甸說：「文藝界對胡先生的意見和胡先生的願望完全相反。胡先生這麼有

〔註1〕載 2009 年 3 月 26 日《南方周末》。

影響的人來北京後這麼受冷淡，真讓人氣憤。在我的心目中，胡先生的形象很偉大，我一生最敬佩的人就是馬、恩、列、斯、毛、胡……」

　　胡風在房裏走來走去，沒阻攔，沒表態。這麼高的評價，我不可理解，我不同意，幾分鐘後說有事，退席了。我很傷心，拂袖而去。我們是普普通通的詩作者，為什麼這樣提呢？！為什麼要追求這些？有幾個人攔我，我執意要走，也有幾個人跟著出來。嚴望、徐放他們也走了，態度和我相近，不歡而散。我對胡風這種態度很難過，起碼有三四個月再沒去看望他，也不通電話。他們也不找我了。（第 104～105 頁）

牛漢「拂袖而去」的心理因素很簡單，只是「我確實認為我們不該在政治上謀求什麼地位」。但他這一走，不僅使他與胡風及「更親近的人」更形疏遠，還直接導致了他在 1955 年的運動中成為「第一個逮捕」的對象。據他回憶，不久就有某人適時地向上面打小報告，上面便把他當成了「胡風集團」中的持不同意見者，提前批捕的目的之一是為了讓他「好好揭發」此事。

二是該書提出了關於「胡風集團案」的一些新觀點。

如「為什麼要批胡風和他周圍的一些人」一節中，有如下一段：

　　2004 年，胡風女兒張曉風和我深談過一次。我認為涉及到毛的問題也不必迴避；應該毫不含糊。她態度不一樣。我們談不攏。他們認為胡風對黨、對毛一直是肯定的，這一點不能動搖。後來胡風大兒子張曉谷打電話要約談一次，我拒絕了。（第 117 頁）

牛漢似乎認為胡風有過針對毛「講話」的言行，但胡風家屬並不認同他的觀點。應該說，後者並不缺乏根據。1951 年張中曉在致胡風信中曾批評過「講話」，該信被收入「第三批材料」，受到了最嚴厲的批判。但未見胡風寫過附和或贊同意見的覆信，1977 年 12 月胡風在《簡述收穫》強調過這一點，只承認「我沒有正面嚴正地批評過張中曉對《在延安文藝座談會上的講話》的曲解以至侮蔑」。胡風的態度如此，胡風子女的態度便也如此，這是可以理解的。

但牛漢堅持自己的觀點，在同節如下一段中提供了另外的佐證，他說道：

　　1944 年在重慶舒蕪由路翎引薦認識胡風，成了胡風身邊最信任的年輕人。他的《論主觀》發表前和胡風商討過，但後來他不敢承認。《論主觀》是針對 1942 年毛的「講話」的。（第 118 頁）

其實，問題並不在胡風「敢」或「不敢」承認，而在於《論主觀》「是」

或「不是」針對「講話」。當年舒蕪與胡風探討《論主觀》的全部通信尚在（《舒蕪致胡風信》，載《新文學史料》2006 年第 3 期），一查便可明瞭。其中第七信（1944 年 2 月 29 日）清楚地寫道：「關於陳君的問題而寫的「論主觀」，已完成，兩萬多字。」信中「陳君的問題」，說的是 1943 年底陳家康（時任周恩來的秘書）、喬冠華（時任《群眾》主編）、胡繩（時任《新華日報》副刊主編）等人的文章受到延安中宣部來電批評這件事。胡風為他們叫屈，舒蕪便撰文鳴冤。說到底，《論主觀》是為聲援受到黨內批評的陳家康等人而作，其主旨是籲請政黨「容許一切新的探索和追求」，宣揚「個性解放」。

三是該書定稿後在出版時又作了刪節。

筆者近日在互聯網「天益社區」之「學科站」〔註2〕讀到一篇題為《牛漢：我與胡風及「胡風集團」》的長文，篇末注明摘自該書「2007 年 8 月 5 日二稿」，發布時間為「2008-10-15」。在緊接著「1944 年在重慶舒蕪由路翎引薦認識胡風……」那段後，還有如下一段：

> 文藝為政治服務，為無產階級政治服務，這太功利了。只有階級性，根本否定人性，人文精神都排斥了。但到現在胡風家人與舒蕪也不敢說《論主觀》是針對 1942 年毛的「講話」的。

翻看該書，書末竟也標注為「2007 年 8 月 5 日二稿」，卻沒有這段文字。看來，網上發布的應是真正的「二稿」，出版時有刪節，書末應改為「三稿」。

〔註 2〕http://bbs.tecn.cn/thread-297546-1-1.html。

胡風與《螞蟻小集》的復刊及終刊〔註1〕

　　文學叢刊《螞蟻小集》解放前出了六輯。前四輯《許多都城震動了》(1948
年 3 月)、《預言》(1948 年 5 月)、《歌唱》(1948 年 8 月)、《中國的肺臟》(1948
年 11 月) 在南京編印，編輯者為歐陽莊和吳人雄；後兩輯《迎著明天》(1948
年 12 月)、《歌頌中國》(1949 年 5 月) 在上海編印，編輯者為歐陽莊、化鐵
和梅志。解放後在上海又出版了一輯「解放號」《中國，你笑吧》(1949 年 7
月)，編輯者為化鐵、羅洛、羅飛和梅志〔註2〕。續後沒有再出，是為自動終
刊。

　　近年來研究界對這個跨越解放前後的胡風同人刊物的終刊有一些新的說
法，並涉及到建國初期國家對私營報刊的政策問題。周燕芬在《〈希望〉終刊
後胡風同人的社團活動》中寫道：「(解放後的) 文化環境……不允許這樣的同
人刊物繼續存在」〔註3〕；陳偉軍在《建國初期文藝界關於同人刊物的倡言》
也寫道：「毋庸置疑，建國後一段時間，帶有同人色彩的期刊是不允許出現
的……〔註4〕」

　　實際情況並非如此，《螞蟻小集》在解放後的繼續出刊，已足以證明解放
初的「文化環境」並沒有完全封死私營文藝刊物的生存空間，「帶有同人色彩

〔註1〕 載《閩江學刊》2009 年第 4 期。
〔註2〕 關於該叢刊的情況均見於姜德明的《螞蟻小集》，載《文匯讀書週報》2003 年
　　　　第 4 期。
〔註3〕 該文收入《待讀驚天動地詩——復旦師生論七月派作家》第 408 頁，安徽教育
　　　　出版社 2008 年。
〔註4〕 該文載《粵海風》2007 年第 6 期。

的期刊」在一個短暫的時期內還是能夠出現的。

　　至於《螞蟻小集》的復出及終刊情況，也要比上述研究者理解的複雜得多。

一、解放初，《螞蟻小集》順利地獲准「登記」

　　解放初，中央對私營媒體的政策還比較寬鬆。1949 年 1 月 31 日北平和平解放，2 月 18 日北平市軍管會即頒布了《北平市報紙、雜誌、通訊社登記暫行辦法》，其中第一條規定「為保障人民的言論出版自由，剝奪反革命分子的言論出版自由，所有本市已出版或將出版之報紙和雜誌，及已營業或將營業之通訊社，均須依照本辦法向本會申請登記」，第四條規定所有媒體必須「取得臨時登記證」後「始得創刊或營業」。1949 年 5 月 27 日上海解放，29 日市軍管會即發布《關於上海市報紙、雜誌、通訊社登記暫行辦法》，具體條款一如北平的「暫行辦法」。

　　上海解放前夕，梅志曾給胡風去信，談到同人想繼續出版叢刊《螞蟻小集》。

　　上海解放當天，胡風覆信道：「朋友們要弄小刊物之類，由他們自己弄去，你不要去辛苦了。但我以為他們也不必勉強去弄。現在是軍事管理時期，要登記，而且，過去的關係，總有尷尬的。」〔註5〕

　　胡風不太贊同繼續出刊，是基於已知的《北平市報紙、雜誌、通訊社登記暫行辦法》有關條款的嚴格規定，如第二條：

　　　　凡報紙、雜誌和通訊社，於申請登記時，應詳細而真實地報告下列各項並填寫申請書。甲、報紙、雜誌或通訊社的名稱；乙、負責人的姓名、住所、過去和現在的職業、過去和現在的政治主張、政治經歷及其與各黨派和團體的關係；丙、社務組織；丁、主要編輯與經理人員的姓名、住所、過去和現在的職業、過去和現在的政治主張、政治經歷及其與各黨派和團體的關係；戊、刊期（日刊或週刊月刊等），每期字數，發行的數量與範圍；己、經濟來源與經濟狀況，重要股東的情況；庚、兼營事業；辛、印刷所及發行所的名稱和所在地。

　　首先，《螞蟻小集》要獲准「登記」，至少得有拿得出手的「編輯部」、「印

〔註5〕胡風給梅志信均出自曉風編《胡風家書》，復旦大學出版社 2007 年 4 月版。下不另注。

刷所」和「發行所」。然而,由於該刊在解放前是「非法」出版物,上述三個必要條件一個都沒有。如今要獲准「登記」,化鐵等人只有請梅志出馬了。梅志是「希望社」的掛名老闆,可以為《螞蟻小集》提供如上條件。但胡風顯然不願意讓梅志為該刊勞神費力。

其次,《螞蟻小集》要獲准「登記」,至少得說清「過去和現在的政治主張、政治經歷及其與各黨派和團體的關係」。然而,由於該刊在解放前是被公認的胡風同人刊物,其上刊載的多篇文章(如路翎的《對於大眾化的理解》阿壟的《略論普及與提高》和《論藝術與政治》等)還曾被香港《大眾文藝叢刊》點名批評。胡風不能不擔心這種「過去的關係」會在「申請登記」時引起麻煩。

5 月 28 日梅志在給胡風的信中又談到《螞蟻小集》出刊事。6 月 13 日胡風覆信稱:「刊物,朋友們弄是可以的,也許應該的,但要事務獨立,我們不能管,更不能經營事務,頂多編輯上從旁幫忙。你說要弄大眾化的,這完全對。現在有這個條件了。——但我猜想,恐怕沒有力量弄。首先,登記不容易。其次,不見得有書店接受。」

梅志見胡風的口氣有所鬆動,趕緊讓路翎從旁說項。6 月 7 日路翎給胡風去信稱:「《螞蟻》事,屠兄(梅志原名屠玘華,筆者注)及小劉兄(化鐵原名劉德馨)有意要再弄一弄,因為第七期先前已排了兩,三萬字,丟掉可惜。姚老闆(指作家書屋經理姚蓬子)願意做。現他們預備登記一下再說。」話說到這個份上,胡風只得同意。

他們都沒有料到,「登記」手續竟辦得非常順利。梅誌喜出望外,馬上寫信告訴胡風。

6 月 17 日胡風覆信道:「《螞蟻》,能夠登記,有書店出,別人如化鐵等肯弄,也是好的。但你不要參加,也無力參加。朋友們弄有意義,讀者需要,可以替革命服務,我們去弄就不好,那會起副作用,限制了我們。如弄,暫時也不要弄理論之類。」

胡風自 1948 年底離開上海還沒有回來過,他根本就不清楚梅志曾為《螞蟻小集》後兩輯的出版付出過勞動和心血,也低估了她的能力。因而,他讓梅志「不要參加」的規勸也就沒有起到任何作用。6 月 9 日胡風剛看過「楊晦等起草的國統區報告草稿」,該「草稿」批判了他的「主觀論」。為了避免引起新的不愉快,他不願意梅志與《螞蟻小集》有牽連,更不願因「弄理論」而誘發新的批判。

胡風鬆了口，梅志等便緊張地忙碌起來。他仍不放心，於 6 月 28 日去信叮囑道：「《螞蟻》之七要出，也要通過雪葦或適當的人通知一聲，說是不願丟掉已排好的，出一出還債，以後不弄了。你只是介紹它通知一聲就是。」雪葦時任華東人民革命大學教務處長，「適當的人」也許指周而復（時任華東局統戰部秘書長，上海市委統戰部副部長）。胡風曾在 5 月 27 日家書中告知梅志：「漢年副市長，夏衍宣傳部長，而復、于伶都南下了，總在軍管會、市委工作。必要的重要事，可託一託而復商量，但絕對不要管別人閒事。」

兩天後（6 月 30 日），胡風再次去信囑咐：「今天偶然想到，《螞蟻》之七，如在內容上小劉（指化鐵）等沒有真切的把握，即，如果對於內容沒有把握以致引起不快或小誤解，那還是不出的好。排工，犧牲掉也就罷了。但如果覺得對內容有把握，不願丟掉，那就再仔細看一看，印出也好。但也要事先通過人得到允許，否則不行的。何必去種這種小小的不快呢？」

綜上所述，胡風此時對應否和能否繼續出版同人刊物的態度是游移不定的，而梅志等卻充滿了信心，胡風是被梅志等人推著走的。

二、胡風對《螞蟻小集》第七輯的評價非常低

《螞蟻小集》第七輯《中國，你笑吧》於 7 月 1 日出版。

胡風於 7 月 11 日收到刊物，日記中有讀後感：「看《螞蟻》之七，不好。」次日他給梅志覆信，寫道：

> 《螞蟻》，收到四本。看了一下，不好得很，尤其是那篇《泡沫》。叫你不要管，你偏偏還要自己纏進去，真正無法可想。而且，還帶來要我去託人賣。內容好我都不方便，何況是這樣的內容。
>
> ……（筆者略）《螞蟻》能出，也是好的，但要他們完全自己去弄，你不要參與，也不要用希望社信箱。過去，我們用一切力量掩護一點工作，那時候只能如此。現在解放了，一切不同了，他們應該獨立工作，讓我們也獨立工作，不要在事務上纏在一起才是。

叢刊第七輯的命名仍沿用著先前的做法，即取第一篇作品的題目為輯名。該輯除冀汸的詩歌《中國，你笑吧》、《箭頭指向》之外，還刊載有阿壠的街頭詩《保衛文化》、路翎的小說《泡沫》、散文《危樓日記》（署名冰菱）、論文《吃人的和被吃的理論》（署名木納）和其他同人的作品。

《螞蟻小集》復出後，胡風的態度依然很矛盾。他認定該期某些作品的內

容「不好得很」，但又說「能出，也是好的」；他贊成化鐵他們「自己去弄」，但仍堅持讓梅志避嫌，甚至連「希望社」的郵箱也不願借給他們使用。

胡風為什麼認為該輯「不好」呢？冀汸在長詩中提出要「審判」反動派，「清算他們底罪惡」；阿壠在詩歌中譴責「反動派／不要文化！／國民黨，沒有文化」，歌頌「人民解放軍／擁護文化！」並呼籲：「起來！為文化而戰」。他們的詩歌作品除了「概念化」的毛病外，政治立場倒是絕無問題。胡風說「不好」，似不應指這些詩歌作品。

胡風為什麼認為該輯中《泡沫》「尤其」不好呢？這倒是有深入探究的必要。這篇小說是路翎的作品，作於「1949 年 5 月 11 日」，即南京解放（4 月 23 日）後的第 18 天。其創作素材和創作靈感均產生於親見的社會生活，可參看 5 月 4 日路翎自南京給胡風的信。全信如下：〔註6〕

> 風兄：
>
> 前信未知收到否？不知道你底通訊址，在上海的時候沒有抄下來。
>
> 在滬時曾和冼群見面數次，談論關於《郭素娥》的改編。他給我介紹了在南京的原演劇七隊的隊長李世儀，意思是李君關係多，緊急時可照應一下。前些天，解放以後了，他來過。因他的關係，這裡解放軍文工團茶會招待文化界的時候也邀了我，去了，是關於《白毛女》的上演的。在那裡遇到了羅蓀、吳組湘等人，他們告訴我已經發了一個宣言，知道我在南京，簽了我的名字，並邀今天留京的文協會員聚會一下。去了，一共十幾個人，好一些是不大相干的。談了兩件事，一是要出一個小刊物，一是要成立文協南京支會，並推舉六月初在平召開的大會底代表，選的結果，是吳、羅、蕭亦五和陳中凡教授四人。就是這樣的一個情形，並大家捐了一點錢預備出刊物。
>
> 我看做不出什麼事情來。但刊物，還是預備寫一點，因為不然就要大家不舒服，這幾位先生，我都不大知道詳情。據他們說宣言是由新華社發到北平來了的。文協南京本無分會，這幾個人，也成立不了什麼分會似的；推舉的代表，也不過是他們的心切。
>
> 他們將有電文之類來平，想你已經知道了。

〔註6〕《胡風路翎文學書簡》第 147～148 頁，安徽文藝出版社 1994 年版。

　　莊君在蘇州，來信說，通車後即來京一走。但我們底資財和稿
子都在上海，一時無法做了。我也想看看再說。現在這裡，各個角
落裏都跑出人來，在文化活動和政治活動上面，手癢的人多得很。
有的還想當「接收大員」哩。

　　我底舊事大概已清理完畢。現如做一點新的事情，大約還是短
的。也想再寫劇本。

　　望來信。祝好！

嗣興 5 月 4 日晨

　　信中寫到應邀參加「解放軍文工團茶會招待文化界」的一些見聞，描述了
文協南京分會成立的概況，批評了某些人「推舉」出席第一次文代會代表時的
「心切」，譏諷了某些人想當「接收大員」的醜態，並表示可能會寫一點「短」
的作品予以表現。

　　小說《泡沫》就是路翎受到上述刺激後創作的「短」的作品。小說的主角
是個名叫何季超的文化人，他剛出席了類似信中提到的「解放軍文工團茶會」，
並在某「宣言」上簽了名。回來後他便向表兄吹噓：「我已經和解放軍方面接
好頭了，他們要我去接收一家報館。」這個人物的性格依舊具有路翎筆下人物
共有的「瘋狂性和痙攣性」的特徵，「他說話的時候很激動，一時靠在沙發上，
把兩隻腳翹到沙發背上去，一時又把腳收回來，脫了鞋子，蹲踞在沙發裏。一
支香煙不斷地從這邊嘴角移到那邊的嘴角，仰著頭不看人，兩隻手又不住地做
著表情。」解放前夕，何季超由於「思想前進」而被報館開除，已失業三個月，
那時「他的神經極度的緊張，常常覺得有人在跟蹤著他，想要逮捕他和殺他」，
「現在他卻高興了。他覺得現在是到了他取得報酬，快樂，自由，威風起來的
時候了。喝著酒，談著話，激動非常，心裏就也有了一種莊嚴的，要做什麼的，
巨大的願望。」他做的第一件事卻是去「拯救」過去的戀人，在他遭難的時候，
同在報館做事的她嫁給了「一個百貨公司的經理」。他讓在銀行做事的表兄陪
他一道去，並承諾以後想辦法讓他去「接收銀行」。然而，他與戀人的見面並
未出現預想的情景，「他以為她是墮落了，以為她會變得很浮華，很苦痛的，
但看起來完全不是這樣：她仍然和從前差不多，穿得也很樸素」。戀人斷然拒
絕了這位「征服者」的「拯救」，「可是何季超仍然覺得一種了不得的浪漫，美
麗的氣氛──他覺得他要哭出來。他果然很傷心地哭出來了，望著她，拿出手
巾來揩著眼睛，也捨不得把眼淚揩乾淨。」

　　小說題名《泡沫》，有暗示作品主角的企望純屬虛妄的命意，但作品主角卻不是向壁虛構的，其生活積累和人物原型來自作者親見的社會現象及信中提到的那些企望當「接收大員」的文化人。路翎在短短一周時間裏便創作了這篇小說，令人不能不佩服他捕捉社會問題的敏銳眼光和旺盛的創作能力。

　　然而，胡風為什麼會認為這篇小說「尤其」不好呢？這大概與他對解放初期文藝路線和相關文藝政策的理解和判斷有關。

　　5 月 19 日，他在通知路翎來北平參加第一次文代會的信中就特別提到：「解放前後，來時一路上，可能時寫一點積極內容的東西，表現要明朗一點。」〔註7〕5 月 30 日他又在給路翎的信中強調：「文藝這領域，籠罩著絕大的苦悶。許多人，等於帶上了枷。但健康的願望普遍存在，小媳婦一樣，經常怕挨打地存在著。問題還是要有作品去衝破它。這作品，要能使那些害人的理論不能開口，就：（一）要寫積極的性格，新的生命；（二）敘述性的文字，也要淺顯些，生活的文字；（三）不迴避政治的風貌，給以表現。」但路翎的這篇小說所表現的卻不是「積極內容」，所描寫的也不是「積極的性格」。就此而言，胡風的惱怒是可以理解的。

　　其實，路翎並沒有違拗胡風的意思，只是這篇小說的寫作早於胡風的上述來信而已。

三、《螞蟻小集》能繼續辦下去，終刊另有原因

　　如上所述，胡風 7 月 12 日的信中對《螞蟻小集》第七輯的態度很矛盾：他雖然對該輯內容很不滿，但仍希望該刊能繼續辦下去。

　　8 月 4 日，胡風隨出席第一次文代會的「南方第二團」同車返回闊別近一年的上海。從抵滬的第二天起便忙著接待來訪的舊雨新交，對上海文藝界、出版界的現狀有了更多的瞭解。稍有空閒，他還幫著審閱「投給《螞蟻》的來稿」〔註8〕。8 月 12 日他致信冀汸，寫道：

> 　　以後的鬥爭，應該組些散兵線，這才能和深入工作的方向配合。
> 　　但這看來也不能容易。其實，小刊物也可以弄下去的（創造一個新
> 的風格起來），但上海無人負責。

　　可見，此時胡風仍期望《螞蟻小集》繼續出版，也許是由於第七輯的「不

〔註7〕胡風給友人書信均見於《胡風全集》第 9 卷。下不另注。
〔註8〕引自胡風 1949 年 8 月 13 日日記，《胡風全集》第 10 卷第 96 頁。

好」的教訓吧，他希望能為該刊物色一個盡心盡力的「負責」人。

不久，有了適當的人選了。9月6日上午，就在隨出席全國政協第一次會議的上海代表團同車赴京的當天，他給阿壟去信，寫道：

> 金尼（即羅飛）大概已有信給你了。你可以考慮一下（別處決無此政治待遇）。我覺得這樣的工作環境對你是適合的。到別處，不容易下部隊，而且，首長不瞭解你，一切都不方便。而且，還有經濟問題，別處決不可能得到補助的。在這裡，一方面可以轉入軍隊，一方面也可以轉入企業，這是可以看你的興趣決定的。再，化鐵、金尼等在籌備《螞蟻》，你在此也可以更有力量一些。

阿壟是胡風最為信賴的青年朋友之一，他曾與方然一道主編過《呼吸》和《荒雞文叢》，是位有經驗的編輯人。此前，胡風一直在為他的工作操心，曾委託彭柏山（時任二十四軍政治部主任）設法安排，後由彭的老戰友黃逸峰（時任上海鐵路局長兼黨委書記）介紹，為阿壟在上海北站鐵路公安處安排了一個職務。胡風希望阿壟能接受這個工作，並就近為《螞蟻小集》把關。

胡風抵京後，聆聽了周恩來「關於政協名單，關於政協組織，關於政府組織」的報告，參加了關於「共同綱領」的討論，心中油然升起主人公的豪情和革命責任感，對文藝運動的前景也有了一些比較樂觀的想法。就在全國政協第一次會議開幕的前4天，他在給梅志的信（9月17日）中寫道：「小劉（劉德馨，即化鐵）等底計劃怎樣了？應鼓勵他們。我看法變了一點，應爭取工作，因為，非有作品不可。」信中所談到的「計劃」，即行前給阿壟信中提到的「化鐵、金尼等在籌備《螞蟻》」一事。由此可見，胡風離滬赴京之前，化鐵等人確實還想繼續把《螞蟻小集》出下去，並沒有終刊的念頭。但胡風沒有想到，由於他對「計劃」的關心、他的「鼓勵」、他的「看法」的改變，使得上海的同人盲目樂觀了起來，竟產生了創辦新刊的想法。

政協開幕的當天（9月21日），胡風收到了梅志的來信，他沒有細讀便匆匆覆信，信中有如下三段：

> 小刊能弄，頂好。
>
> 碰到一次何英，他說，這裡（新華）可代發書，每種在千數，那麼，俞老闆可以高興了。我想找到何英問一問詳情。他一直沒有來我這裡。《路》，還沒有能交他。剩下的《路》，務要趕快賣掉，好重新整理排印。《混亂》如出了，寄十本來。

> 我想了一個問題：希望社，如有人投資，約二三千萬罷，弄到
> 房子，交專人去辦，能保存也許是好的。否則，有些作品，可能被
> 悶掉。但目前，頂多也只能向假定對象，如殷家之類，探探口氣而
> 已。

第一段中的「小刊」，《胡風家書》的編者注為：「即文學刊物《起點》。」實際上，胡風當時還以為指的是《螞蟻小集》，並沒有意識到指的是新刊。第二段談的是關於發行渠道的問題，胡風得知新華書店向私營出版社開放，便催促梅志銷售存書並出版新書。第三段談的是為「希望社」籌資的問題，數月前他還打算「結束」該社，此時卻因受「利好」傳言的誤導，頭腦發熱起來。

10 月 8 日，胡風又收到馮賓符從上海帶來的梅志信，這才意識到她所說的「小刊」並不是《螞蟻小集》。當晚他在覆信中不解地問道：「小刊，他們不可以先出叢刊麼？」

梅志等在回憶文章都沒有提及當年他們為什麼要主動放棄《螞蟻小集》而另創新刊的原因。不過，他們的動機並不難揣測：一、《螞蟻小集》是叢書，每出一輯都要「登記」，比較麻煩；而創辦文學期刊，只須獲得「臨時登記證」，便可一勞永逸。二、《螞蟻小集》有歷史包袱，形象「尷尬」；另創一文學期刊，則面貌全新。

然而，梅志等人沒有想到，創辦新刊比繼續舊刊的手續要複雜得多。她只得將情況如實地告訴胡風。

胡風於 10 月 15 日覆信道：「小刊，要完全由他們自己去弄。你尤其不能擔負什麼事務。能有書店出當然最好。我如回了上海，要出面為他們要登記證的。衝，是應該的，但不能都有我們自己在內。看來這些青年人，真沒有什麼能耐。」

經過一番周折，新刊《起點》的「登記證」終於在 1949 年年底批下來了，為「上海市軍事管制委員會書報雜誌通訊社臨時登記證期字第七二號」。

從某種意義上說，《螞蟻小集》並未終刊，只是變成了期刊。

1951 年初，全國文聯研究室在《關於地方文藝刊物改進的一些問題》一文中透露：「近二年來，全國各地文藝刊物有了很大的發展。據目前不完全的統計，能夠定期出刊的有百餘種（包括畫報、歌曲、電影等刊物在內）。這些刊物，除去很少幾種，絕大多數都是在一九四九年以後創刊的。一般都是由各

級文聯、文協或其他文藝團體編輯出版，由私人經營的為數極少。〔註9〕」該文提到的「由私人經營的為數極少」的文藝刊物，說的就是（或包括）胡風同人刊物《螞蟻小集》叢刊和後來的《起點》月刊。

〔註9〕載《文藝報》1951 年 7 月 10 日第 4 卷第 6 期。

《胡風家書》中的「范」指的是誰？^{〔註1〕}

　　《胡風家書》（復旦大學出版社 2007 年版）中有許多人名未加注解，讀者在閱讀時如果不額外付出一點考據的工夫，往往會對信中內容產生誤解，或者對信中所蘊含的豐富歷史內容感到茫然。

　　譬如，胡風 1949 年 7 月 12 日自北平寄出的家書，信中有如下一段：

> 化鐵和《橫眉》的人弄得好，替《文匯報》幫忙，這都是好的。
> 他應該做點事，和社會接觸。《螞蟻》能出，也是好的，但要他們完
> 全自己去弄，你不要參與，也不要用希望社信箱。過去，我們用一
> 切力量掩護一點工作，那時候只能如此。現在解放了，一切不同了，
> 他們應該獨立工作，讓我們也獨立工作，不要在事務上纏在一起才
> 是。金、范等都是黨員，化鐵和他們一道去工作，那是頂好的。

　　編者僅為「《橫眉》」加注云：「全名《橫眉小集》，是解放前由上海一些文藝青年自己辦的地下文藝刊物。」未為「金、范」加注。

　　讀者如果不假思索，往往會以為「金、范」都是「《橫眉》的人」，由此而產生一系列的誤解。

　　其實，「金」指的是「金尼」，為羅飛的別名之一。他並不是「《橫眉》的人」，而是《螞蟻小集》的編輯。他與化鐵一起編輯了該文學叢書的第五、六、七輯，後又一同編輯了文學月刊《起點》的創刊號。

　　羅飛的這個別名見於《胡風全集》第 9 卷（書信卷）第 32 頁胡風 1949 年 9 月 6 日致阿壠信的腳注。該信第一句為：「金尼大概已有信給你了。你可以

─────────────
〔註1〕載《博覽群書》2009 年第 6 期。

考慮一下（別處決無此政治待遇）。」1955 年阿壠被打成「胡風集團骨幹分子」，在囹圄中曾應有關方面要求為胡風給他的書信作注解，該句的注釋為：「『金尼』即杭行（羅飛），介紹我到鐵路公安局工作。」胡風案平反後，胡風致阿壠的信被退還，阿壠的原注於是重見天日，羅飛的這一別名也得以為人所知。

但，「范」指的是誰，則暫時無從索解。《橫眉小集》的編輯共有三人：滿濤、蕭岱和樊康，並沒有一個姓「范」的。《螞蟻小集》的編輯前後有五人：歐陽莊、化鐵、羅洛、羅飛和梅志，也沒有一個姓「范」的。

看來，要弄清「范」指的是誰，真還得下一番考據的工夫。

胡風 1949 年 9 月 30 日自北平寄出的家書中又一次提到「范」，如下：

> 小刊，你只能在旁提提意見，絕對不能去做任何事務。切記切記。一則免除誤會，最重要的是要做自己的事。有什麼書店肯出，當然頂好，否則，也要他們找一個書店發行。如范加入，可以在他那裡碰頭商量，以那裡為編輯部。

編者仍未為信中的「范」加注。

此信中的「小刊」指的是梅志與化鐵、羅飛等人正在籌辦的《起點》文學月刊，胡風不同意梅志直接參與該刊的編務，提議化鐵等去找「范」合作，獨立地經營這個私營刊物。

此信內容涉及到研究者尚不知曉的《起點》雜誌籌辦期間的一個小插曲：胡風曾親自為《起點》物色了一個新同人「范」。

此事似乎是件小事，卻萬萬不可小覷，胡風選擇同人是慎而又慎的。有一反例可作參照：幾天後，梅志來信商量能否接收莊湧（時在上海務本女中任教）為新刊同人，胡風覆信（10 月 7 日）予以否決：「莊湧，不去冷淡他，是應該的，但當作同人，恐怕不見得妥當……」莊湧早在 1939 年便是《七月》的作者，其詩集《突圍令》為《七月詩叢》中最早面世的三本詩集之一（另兩本是艾青的《向太陽》和胡風的《為祖國而歌》）。胡風連莊湧這位公認的「七月派」也不肯接納為同人，而偏偏青睞那位「范」，豈非咄咄怪事。

鑒於「范」曾被胡風如此器重，更有必要弄清他究竟是誰。

根據以上兩封信的內容，筆者以為，要知此人是誰，可從胡風交際圈子中滿足以下五個必要條件的人中去尋找：一、是「《橫眉》的人」，二、曾有意與化鐵等合辦刊物，三、解放初即是中共黨員，四、在出版界有根基，五、與胡風同人的關係比較好。

　　此人必是「《橫眉》」的三位編輯之一,不是滿濤或蕭岱,即是樊康。滿濤不是黨員,可以排除。蕭岱之名未見於《胡風全集》,與胡風形同陌路,也可以不考慮。而樊康,則具備以上五個必要條件。

　　先看從網上搜索到的樊康簡歷:男,浙江寧波人,中共黨員。復旦大學新聞系肄業。抗戰爆發後參加救亡宣傳團體,先後任《柳州日報》記者和副刊主編,桂林《戰時新聞社》編輯、記者,《青年生活》月刊編輯、發行人。抗戰勝利後,任上海《時代日報》副刊「新生」特約編輯。如上信息可證實樊康具備必要條件的第四條。

　　另據與《橫眉小集》同人有頗深關係的王元化回憶:「抗戰勝利後不久,……滿濤給我來信說,他和蕭岱、樊康常到胡風家去。後來他們辦了一個小型刊物,把我寫的一篇《論香粉鋪之類》發表在他們辦的《橫眉小集》上。這篇文章本來是寄到《時代日報》給樓適夷的,滿濤他們看到,拿去就作為《橫眉小集》叢刊第一集題目了。……我在編《展望》時,樊康拿來一篇冰菱(路翎的筆名)的文章,我在《展望》上發表了。」(《我和胡風二三事》)當年,王元化曾任中共上海地下黨文委書記,蕭岱和樊康都是文委委員。如上信息可證實樊康具備必要條件的第一、三、五條。

　　又據曾與化鐵一起編輯《螞蟻小集》的歐陽莊回憶:解放前夕,他們曾與《橫眉》的滿濤、樊康商議合辦刊物,「增加新內容,擴大版面」,「為了迎接祖國的新生,做一些力所能及的事」,後因歐陽莊、化鐵被捕而未能實現。(《螞蟻小集·胡風·「蘇州一同志」》)如上信息可證實樊康具備必要條件的第二條及第五條。

　　能否就此確認樊康就是胡風家書中提到的「范」呢?還不能。還需要尋找更為直接的證據。

　　筆者通讀了《胡風家書》,竟在 1950 年 12 月 29 日的家書中看到這樣一句:「前天樊康回去前來此,我不在,沒有能夠帶點東西給你們。」接著,筆者又通讀了胡風日記(《胡風全集》第 10 卷),在 1950 年 12 月 23 日日記中讀到「樊康與牧野來」的記載。這兩條關於「樊康」文字的發生時間如果早於或同時於上述兩封關於「范」的書信,則可證實「范」與「樊」並無關連。但是,「樊」的出現晚於「范」,且在「樊」之後再未出現過「范」。由此可以確定,「范」與「樊康」仍可能具有同指性。

　　有沒有這樣的可能,由於「樊」與「范」的發音相似,僅為一音之轉(前

者讀音為 fán，後者讀音為 fàn），南方人很容易混淆（樊康是浙江人，胡風是
湖北人），胡風當時聽錯了記錯了，後來才糾正過來呢？不能排除這樣的可能。

筆者繼續通讀胡風回憶錄（《胡風全集》第 7 卷），在第 700 頁如下一段中
找到了最為直接最為有力的證據：

> （一九四八年春節期間）滿濤、王元化和范康來，送來他們編
> 的叢刊《橫眉小輯》。滿濤、王元化是鄰居馮賓符介紹認識的，後來
> 知道他們在時代社工作。滿濤主要翻譯別林斯基和別的幾位十九世
> 紀俄國作家及文藝理論家的作品，我想從他那裡瞭解一些十九世紀
> 俄國民主革命作家的情況。他讀書認真，善於思索，他的思想比我
> 更解放，我們談話時常引起爭論，不過，對文藝的現實主義問題的
> 看法我們還是一致的。《橫眉小輯》是他們的同人刊物。

這裡竟赫然出現了「范康」，不是「樊康」的誤聽誤記又是什麼！

據梅志所述，胡風回憶錄起筆於 1983 年底，但他只寫到撤離武漢前（1938
年 9 月）的經歷就擱筆了，「天不假年，筆從他的手中落下，再不能繼續寫下
去了！」其後的內容是她「根據他的日記、書信、回憶初稿和在獄中寫的一些
交代材料」續成的。上引「滿濤、王元化、范康來」一句明顯摘自胡風當年的
日記。

由上述可知，胡風當年確實把「樊康」誤聽誤記為「范康」，該誤識一直
持續到 1950 年 12 月 23 日才得以糾正。

附帶提一句，樊康當年並未參與《起點》的編務。

一本幾近被忘卻的胡風同人刊物
——《荒雞文叢》[註1]

1947 年 9 月 9 日，胡風自上海給阿壟去信，寫道：

> 得北平朱谷懷信，內中有一段，另紙抄下。我覺得他說得很好。這情形，到《天堂的地板》，就更甚了。我看，朱（朱聲，即方然）與周（周遂凡，即綠原），行文都有聊以快意的成份，一種好像矯飾的成份，這會產生很大的害處。對自己，我們要求莊嚴，對戰略，非有聚中的目標不可。像你的札海斯、夜壺等等，都是玩弄敵人的東西。對熱情，對憎恨，我們決不能偶存驕縱之心的，一驕縱，它們就變質了。一開始，我提議《呼吸》要弄小些，就是擔心這些，現在的《地板》，更是烏合之眾，現出了輕敵之至的氣概，完全忘記我們是在「群眾」之中了。
>
> 現在是，無論在哪裏，無論是什麼東西，只要參有我們朋友的名字在內，人家就決不當作隨喜的頑皮看，事實上也確實不是頑皮的意義而已的。什麼派，今天，一方面成了一些人極大的威脅，另一方面，成了許多好感者的注意中心。兩方面都是神經尖銳的，我們非嚴肅地尊重戰略的要求不可，否則，現在蒙著什麼派的那個大的要求就不能取勝的。
>
> 朱信，你們看後可轉給朱和周看看。巧的是，今天逸（即逸登

〔註1〕載《中國現代文學研究叢刊》2009 年第 6 期，原有副標題「談荒雞文藝叢書之一：天堂的地板」。

泰）來，也提到了差不多同樣的問題。

該信被收入《胡風全集》第 9 卷。編者注云：「《天堂的地板》為綠原的詩。」其餘關鍵詞，如「札海斯」、「夜壺」等，皆未加注。

細讀該信可知：一、《天堂的地板》並不是詩題，而是與《呼吸》相對應的刊名；二、該刊創刊於《呼吸》之後，也是由「我們的朋友」主辦的；三、胡風對該刊的兩位撰稿人（方然、綠原）極為不滿，對阿壠的兩部作品（「札海斯」和「夜壺」）也有批評；四、胡風認為要達成本流派的「大的要求」，就必須進行糾偏。

從該信還可知：該刊是連接方然主編的《呼吸》與朱谷懷即將接手的《泥土》之間的橋樑〔註2〕。如果說《希望》停刊之後〔註3〕，胡風同人刊物有過從「嬌縱」到「變質」再到「聚中」的過程，那麼，該刊就體現著「變質」這一階段的全部特徵。

過去，並不是沒有人提到過這本刊物。

上世紀五十年代，洪鐘在其批判文章中曾談及這個刊物〔註4〕。他說 1947 年 8 月同時出版有兩種《荒雞》：重慶出版的為「渝版」，名曰《荒雞文叢》；成都出版的為「蓉版」，名曰《荒雞小集》；前者為方然主編，只出過一期（《天堂的地板》），後者為羅洛等人主編，出過四期（《孤島集》、《詩與莊嚴》、《城市底呼喊》、《血底蒸溜》）。上世紀七十年代末，張如法為研究綠原的詩歌曾讀過這個刊物，其論文中提到：「（綠原的長詩）《你是誰》最初在《荒雞文藝叢書》之一《天堂的地板》中發表的時候，題為《口號》。〔註5〕」

近年來，這本刊物似乎已被研究者遺忘。

1997 年，錢理群在《胡風的回答——1948 年 9 月》中介紹了「1946 年創刊的《呼吸》」和「1947 年創刊的《泥土》」，卻沒有涉及 1947 年創刊的這兩種《荒雞》。〔註6〕

2005 年，周燕芬專攻「七月社、希望社及相關現代文學社團研究」，在其

〔註2〕 《呼吸》1946 年 11 月創刊，第 3 期 1947 年 3 月 1 日出版後停刊。《泥土》1947 年 4 月 15 日創刊，第 4 輯由朱谷懷接手任主編，1947 年 9 月 17 日出版。

〔註3〕 《希望》於 1946 年 10 月 18 日出版第 2 集第 4 期後停刊。

〔註4〕 洪鐘：《為蔣賊反革命內戰服務的〈呼吸〉與〈荒雞〉》，載《西南文藝》1955 年第 9 期。

〔註5〕 張如法：《論綠原的詩》，載《中國現代文學研究叢刊》1983 年第 1 期。

〔註6〕 該文載《文藝爭鳴》1997 年第 5 期。

綜述文章《〈希望〉終刊後胡風同人的社團活動》中雖提到了羅洛等人在成都主編的《荒雞小集》，卻遺漏了這本在重慶出版的《荒雞文叢》〔註7〕。

有遺漏的研究肯定不是完整的。小而言之，讀不懂胡風上面的那封書信；大而言之，則會模糊了抗戰勝利後胡風發起「整肅」運動的宗旨（「大的要求」）及其對同人刊物的「戰略的要求」。

一

本年初，重慶的友人幫我找到並複印了這本刊物。

該刊為 16 開，正文 94 頁，加封面、扉頁、目錄頁、封底共 100 頁。胡風嫌《呼吸》太大，而這刊更大，相當於兩期《呼吸》的容量。

封面文字皆橫排，上部印著「荒雞文藝叢書之一」和「天堂的地板」兩行大字，中部列有「簡目」九篇，一幅線條簡略的透雕木刻雄雞圖壓在其上，突顯出「竦聽荒雞偏闃寂，起看星斗正闌干」（魯迅詩《亥年殘秋偶作》）的命意，底部則是「自生書店」四個楷體字。

該刊有兩張扉頁。第一張扉頁以豎排格式印著三行字：

　　荒雞叢書一輯：

　　天堂的地板

　　──天堂的地板就是地獄的天花板

由此可知輯名的由來。附帶提一句，詩句「天堂的地板就是地獄的天花板」出自綠原的長詩《口號》（載於該叢刊）。

第二張扉頁以橫排格式印著版權信息：

　　編輯者　叢刊社

　　發行者　自生書店

　　重慶中央公園口西三街

　　經售者　全國各大書店

　　民國三十六年八月渝初版

「編輯者」地址缺失，「發行者」地址不詳；且「自生」通常與「自滅」連綴。由此可知，書店的名號是杜撰的。

該刊目錄頁似未經認真校對，有錯字和漏目，筆者參照正文，一一予以訂

〔註7〕該文輯入《待讀驚天動地詩──復旦師生論七月派作家》，安徽教育出版社 2008 年。

正。由於是同人刊物，同一作者有多篇文章，故多署「筆名」，筆者經過考證，將作者名標注在「筆名」後的括號內。或有誤植，敬希指正。

詳目如下：

口號（長詩），綠原

釋「撥糞運動」，方然

論五四精神，舒蕪

小札海斯是怎樣偉大了起來以及他到底怎樣死法，薄海江（阿壠）

我戰鬥（詩四首），羅洛

我的抒情（詩），孫鈿

草黃色的影子（小說），楊力（賈植芳）

小故事（小說兩篇），楊波

國境線（詩），亦門（阿壠）

飯餘雜記，吳采

革命公子論，舒蕪

少爺們的心境，埃讓（舒蕪）

關於綠原，路翎

冬心頌，舒蕪

還鄉（小說），柳石池

人渣和炮灰這樣做了屠刀，曾心艮（阿壠）

略談「譯魯迅詩」，孫陰（阿壠）

「第五類型文化」，槐尼（阿壠）

奇文共賞錄，達茍（阿壠）

饑民們（詩），紀明野（阿壠）

戀愛，工作，詩（通信），亦人（阿壠）

後記（5月30日）

從上可知，該叢刊作者約10人，其中7人是胡風同人。阿壠文章最多，有7篇；舒蕪次之，有4篇；綠原、方然、賈植芳、羅洛、孫鈿各一篇。柳石池與胡風有通信來往，先後在北平《泥土》和上海《文匯報》上發表過作品〔註

〔註8〕柳石池：《開會》（小說），載1947年2月5日《文匯報》「筆會」。石池：《我思念》（長詩），載1948年3月15日《泥土》第五輯。

8〕。「楊波」、「吳采」二人情況不詳，或為上述某人的筆名也未可知。

胡風在書信中痛斥《天堂的地板》撰稿人為「烏合之眾」，應當視為不是認真的說法，因該叢刊的撰稿人都曾是《希望》和《呼吸》的中堅，究其實，胡風只是在信中發洩對他們「輕敵之至」的強烈不滿罷了。

二

關於該刊的籌備過程及編輯者情況，所存史料不多。

洪鐘在作於 1955 年的批判文章中透露了一點信息，文中寫道：「方然們……於一九四六年十一月在成都創刊《呼吸》……他們把《呼吸》刊行了三期……一九四七年方然到重慶，他們又在重慶編印了《荒雞文叢》一種名曰《天堂的地板》。」

按照他的說法，《呼吸》的主編既為方然，《天堂的地板》的主編也應是他。

《舒蕪致胡風信》〔註9〕第 118 信（1947 年 4 月 15 日徐州→上海）也透露了一點信息，信中云：「守梅昨來信，說是將與繁兄等另出從刊，要稿。我想就把五四精神寄去，可不可以？這篇怎樣？並盼見告！」舒蕪注云：「守梅，即阿壠（陳守梅）」，「繁兄，不記得是誰」。至於「五四精神」，全題為《論五四精神》，載於該叢刊。胡風覆信雖已佚，但該刊的籌備及同人為該刊供稿事，他無疑是知道的。

根據舒蕪信，《天堂的地板》的主編可能是阿壠或「繁兄」。

於是便產生了兩個新的問題：一、1947 年初阿壠在成都國民黨陸軍軍官學校任中校戰術教官，他應就近在成都出叢刊，為何要遠求諸重慶？二、「繁兄」是誰？

筆者在張以英編《路翎書信集》（灕江出版社 1989 年版）中找到了答案。該書收錄了阿壠 1947 年 4 月 9 日致路翎、化鐵、冀汸的信〔註10〕，其中有如下幾段：

> 看到詩六種，文三種。這裡賣得相當快，——證明了人所需要的是什麼。財主上，我曾經想校過，而事情的遭遇使我放下來了，不知道已在再版否？下，谷兄曾在此打聽；現在是不是也在著手呢？南京？上海？但接朱信，則詩二輯、文二輯等，均有在川弄之意。

〔註9〕載《新文學史料》2006 年第 3、4 期。
〔註10〕該信原件僅記月日，未署年，編者誤識為「1948 年 4 月 9 日」。

不知道到底如何？這裡已勒令不做事。

　　但是恰好繁兄在渝，有人找他要東西，因此就和朱去和他們接洽，結果決定以叢刊出。還有，還是要我弄。估計起來，下月初就可以出來。那麼，請選一點，抄一點，或者寫一點就寄給我。

　　但是他們在渝較我方便。我歡喜做這類事。不過這樣迂遠的方法，我以為是不必的。所以，我想還是在渝弄簡單。

　　朱極奇怪；一面對我拉住，對事情也不放手，另一面，態度上脾氣上還是古怪的硬碰硬的。最近看到他給羅君和林君的信，莫名其妙地談管兄和談財主上。有這樣的話；死板地抽取時代性格，藝術地玩弄人物云。

　　我以為：批評要有而且應該有。在友人，那就可以直接給作者提出問題，誠懇地，倒不怕不客氣，這樣才大家有幫助。然而他，只是一種他的英雄主義而已。

　　要朋友完全像自己，或者要自己完全像朋友，自然不可能。我極願瞭解他，在某一程度可退後，即使如此，總像隔著一層玻璃。我還是如此，抓住他的好的，只有如此。

　　我在試著寫繁、性忠、馨。難。有的時候似乎愈不瞭解愈難，而對友人，卻實在愈瞭解愈不容易弄，有點狼狽，但是我想弄。

　　信中「詩六種」和「詩二輯」指的是《七月詩叢》第一輯和第二輯，「文二種」和「文二輯」指的是《七月文叢》第一輯和第二輯，《財主》指的是路翎長篇小說《財主的兒女們》。當時上海排版費用較高，胡風曾有意將這些書刊委託成都和重慶的友人排字，打成紙型後再寄往上海印刷。「谷兄」指的是胡風，「朱」指的是方然（朱聲），「繁兄」指的是綠原（周遂凡），「羅君」指的是羅洛，「林君」指的是林祥治，「管兄」指的是舒蕪（方管），「性忠」指的是冀汸（陳性忠），「馨」指的是化鐵（劉德馨）。「寫繁、性忠、馨」的論文不久便脫稿，分別為《綠原片論》、《冀汸片論》和《化鐵片論》，這也為「繁兄」即綠原提供了旁證。

　　這樣，上面兩個問題便有了答案：一、阿壟捨近求遠在重慶出版叢刊，其原因是「這裡已勒令不（能）做事」。據《阿壟年表簡編》〔註11〕，「1947 年 4

────────────

〔註11〕耿庸、綠原、羅洛編寫，陳沛修訂《阿壟年表簡編》，載《新文學史料》2001
　　　　年第 2 期。

月，（阿壠）得匿名信警告：『你幹得好事，當心揭露你的真面目』，知收集軍事情報送中共地下黨的事，已被發覺，乃於 5 月出走，逃亡重慶；其時，以國民黨中央軍校教育長關麟徵署名之通緝令亦到重慶，遂東下南京。」二、「繁兄」當指綠原無疑。

關於該刊的籌備過程及編輯者的情況也清楚了：起初，「有人」找綠原商談出版文學書刊。於是，綠原便邀方然一起去洽談具體條件，談好以「叢刊」形式出版。隨後，方然便給阿壠去信，提出還是由阿壠來主持（阿壠曾主持《呼吸》）。阿壠則認為既要他來主持，方然就應該「放手」。但方然不肯「放手」，阿壠只得妥協，於是形成雙主編的局面。隨便說一句，當時方然在重慶江北惠通中學執教，綠原在川北嶽池縣新三中執教，如果他們擔任主編，當比遠在成都的阿壠「方便」。

阿壠接手後便寫信給外地的朋友約稿，方然則就近在重慶組稿。

當年 5 月初，叢刊稿基本籌齊，阿壠卻出了事，他先「逃亡重慶」，不久又「東下南京」，叢刊「後記」（作於 5 月 30 日）或是作於南京，或是作於杭州。當年 5 月底，方然也出事了。據冀汸《活著的方然》一文介紹，《新華日報》被查封後，國民黨特務從報社沒有來得及銷毀的文稿中發現方然寫的東西，於 5 月 31 日將他逮捕，8 月取保釋放，直接遣送家鄉安慶。叢刊付印時，阿壠在江蘇，方然在安徽，操持印務者應是他們在重慶的朋友。

該叢刊的出生堪稱多災多難。

三

《天堂的地板》出版後，路翎也曾向胡風表述過對該叢刊內容的不滿。他在 9 月 15 日的信中寫道：

> 登泰兄（即逯登泰）來信提到北平朱君（即朱谷懷）對於《呼吸》的意見，梅兄（即阿壠）也談到你曾有信談到這個。我覺得那意見是實際的。看了最近的《天堂的地板》，就有這個感覺；有些東西，比方方兄（指方然）的文字，就依然是出氣的做法。出出氣有時自然是痛快的，但卻把自己底存在漏掉了，沒有了廣闊的信念。好像擋住自己底路的只是文壇上的這一批人，好像是他們擋住自己底「文學之路」的。其實這些首先是社會的存在，單是知識分子式的厭惡和高傲的感情不能把握什麼東西的。認真地說，這是頗為冤

　　枉的：那些傢伙其實又何曾擋住什麼路！但自己不走，或自己希望
得到和別人同樣的「效果」時，卻喜歡覺得是別人擋住了路！
　　　　而梅兄的文字，是太老成、單調了！
　　該信被收入《胡風、路翎來往書信選》（載《新文學史料》1991 年第 3 期），
輯注者也未為「《天堂的地板》」加注。
　　上面已經提到，胡風在 1947 年 9 月 9 日給阿壠信中，曾談到北平朱谷懷
來信對《呼吸》提出批評。胡風還由此談及阿壠和方然新編的叢刊《天堂的地
板》，認為後者發展了前者的不良傾向，並嚴屬地批評了方然、綠原和阿壠的
作品。但路翎在信中只批評了方然和阿壠，沒有涉及綠原，其原因待後述。
　　先談胡風對方然的批評。方然在該叢刊上發表了一篇二萬餘字的論文《釋
「撥糞運動」》，據他說，「撥糞運動」的來由如下：
　　　　本年五四前夕，《觀察週刊》的記者訪問了胡適校長。這位記者
　　有如此記載：「胡適先生是位樂觀論者，遇事他有他自己的看法。如
　　對政治黑暗吧，他表示美國有一種撥冀運動，有黑暗亦有光明」云。
　　這裡的「冀」字，疑作「糞」。姑且改之，而且在這裡將借題發揮之。
　　如果因為我不通洋文，不明美國的典章文物，改出了笑話，那麼，
　　笑一場也並不是壞事吧。〔註12〕
　　該文從胡適「希望在政治以外去奠定思想及文化底新的基礎」的觀念說開
去，譏諷沈從文提倡「一種新的文學觀」的主張是「拾其唾餘」，其實質是宣
揚「妓女底『道』和奴才底主義」；接著，又嘲笑「趙清閣底這張賣俏的小白
臉」倡導的「純文藝（又名曰「真美善的文藝」與「民主文藝」）」，認為她提
倡「（文藝作家）勿須參與政治，甚而附驥於政治之尾，作其政治的策動之工
具」的實質是宣揚「死人底文藝，或者，要人死的文藝」。非僅如此，該文還
批判了吳祖光的《牛郎織女》《風雪夜歸人》《夜奔》、陳敬容的詩《風雨夜》、
李白鳳的詩《動的世界》和小說《曹課長》、蒂克的《幸福》與豐村的《薄嫂》
等，並一言以蔽之：「這些創作，雖然是千頭萬緒，但也可以用兩個極簡單的
字來概括它們底特色，曰：扯談。」文末總結道：
　　　　對於「第三種人」，對於他們底奴才主義，對於他們底「藝術」，
　　對於蒼蠅及其糞，我們沒有一付雅興來與之品茗談天；也沒有一付

〔註12〕方然所引胡適講話出自「本報特約記者」《五四前夕胡適專訪記——黑暗與光
　　　　明的消長》，載 1947 年 5 月 3 日《觀察週刊》第 1 卷第 10 期。

氣概來拉一面大旗把他們與我一起包住；也沒有一付義氣來共走江
湖，拜「老頭」；於是，我們也就只能用這末一根破棒棒來撥一撥。

但並不是攪動，想要澄清什麼。

年前，方然在《呼吸》上發表《論生存》、《死魚的鱗》、《讀〈色情的瘦馬〉》
（載第 1 期）《文化風貌錄》（載第 2 期）及《「主觀「與真實》（載第 3 期），
痛詆沙汀、臧克家、姚雪垠、劉盛亞等左翼作家作品為「人格的墮落」和「感
情的墮落」時，所下的結語也是「兩個極簡單的字」，曰：「手淫」。此時，他
的文風仍一如往昔，只是打擊面更擴大了，擴大到了吳祖光、趙清閣、陳敬容、
李白鳳、豐村等民主作家。胡風當年雖不反對同人「整肅」民主作家，但似乎
並不贊同方然文章的寫法。

再談胡風對綠原的批評。綠原在該叢刊上發表了一首政治抒情詩《口號》，
全詩約四百行，分為十八節。因其初衷為配合當時的「反飢餓、反內戰」運動，
詩中不避政治口號，故詩題亦定為《口號》。綠原當時正為躲避國民黨特務的
迫害而蟄居川北，故詩末記為「一九四七年五月十九日夜一時急寫成，在帕米
爾高原底潮濕的角落裏」。錄第 5 節如下：

> 然而，親愛的人民，／甲不是乙底仇敵，／乙也不是丙底罪人
> 呀，／我們底對面是它，它呀／那個披麻帶孝的活無常！／天堂底
> 地板就是／地獄底天花板／它撕著我們的頭髮做窠……／為了打死
> 它／我們要學習它底殘酷／專門對它、和／對它的種族／來呀，／
> 揭開我們底命運的盒子／讓希望飛出來，／讓我們更親愛地作戰，
> ／讓奴隸伊索／來校對他的寓言：／羚羊底角比／狼底爪子／要更
> 壯，更大膽！

叢刊的輯名就出自如上詩節。

此時，綠原的詩歌風格發生了很大的變化。曾卓在《綠原和他的詩——讀
〈人之詩〉》中談到，綠原早期的詩是「帶著夢幻色彩的、在純真的心情中對
生活禮讚的詩」，此時的詩卻是「用痛苦的象形文字寫成的歌」。當年他即向綠
原提出過意見，說：「我感到詩裏面流露出的某些情緒和所用的某些詞句是過
於淒厲了。作為暴露大後方的黑暗，表達人民受難的狀況、強烈的仇恨和對幸
福生活的渴望，這些詩是有力的，但是，反映人民的戰鬥的歡樂和戰鬥的自信
就顯得有些不足。」綠原雖清楚自己「詩的木材給／熱辣辣的／政治的斧頭／
劈開了」，但他願意讓藝術為政治作出犧牲。在《口號》的最後一節中，他這

樣自信地寫道：

> 我底熟悉的和陌生的讀者呵，／在喊口號，貼標語的今天／還
> 能是一篇詩麼？／如果只是一篇詩／我又何必寫它呢？／如果你肯
> 賞光／一口氣讀到這一行／而卻歎息我底想像已不如前，／那麼，
> 你何必要讀它？〔註13〕

這類「喊口號」、「貼標語」的詩歌，當年卻頗受青年學生們的歡迎，集會時經常有人朗誦這首詩，綠原因此得名「政治抒情詩人」。

胡風批評綠原的詩作「有聊以快意的成份，一種好像矯飾的成份」，與曾卓當年的批評非常接近。但路翎對綠原詩風的轉變卻是讚賞的，他在該叢刊上發表了詩評《關於綠原》，盛讚「現在證明了綠原是突進了」，並鼓勵道：「我以為，綠原是屬於這一類詩人的，他們具有向複雜的現實生活搏鬥，與現實的人生並進的，堅韌的內在力量。」出於這種體悟，他在致胡風的信中自然就沒有批評綠原。

接著再看胡風對阿壠的兩篇作品的批評。「札海斯」的全題為《小札海斯（Kleir Zaches）到底怎樣偉大了起來以及他到底怎樣死法》，「夜壺」的正題是《奇文共賞錄》。

阿壠的「札海斯」是模仿德國作家 E.T.A.霍夫曼（1776～1822）的小說《侏儒查赫斯》改寫的。據王欣《從〈侏儒查赫斯〉看霍夫曼浪漫主義小說的本質》（載《台州學院學報》2007 年第 4 期）一文介紹：

> 《侏儒查赫斯》曾經被歸入到「童話小說」一類，也有人稱之
> 為「藝術童話」，它的創作背景是霍夫曼所生活的落後衰朽的德國社
> 會，故事則是法國大革命後王朝復辟時期的真實寫照。這部小說裏
> 的主人公是個容貌可怕、性情古怪的小侏儒，由於仙女的憐憫而被
> 賦予神奇的魔力，憑藉仙女的梳子和賜給的三根魔髮，他開始以齊
> 恩諾貝爾的身份出現，神奇的魔力使他在現實世界如魚得水，過上
> 了富足而受人景仰的生活，然而，這樣頤使氣使的生活在他失去魔
> 髮之後便煙消雲散，以致於最後落魄地淹死在御賜的浴缸中。

阿壠把「背景」改為 19 世紀的中國社會，把「故事」改為獨夫民賊的發跡史，把他的死處從「浴缸」改在裝滿了「熱騰騰牛奶」的「洗臉盆」裏，處

〔註13〕青林詩社 1947 年 10 月初版綠原詩集《又是一個起點》輯入該詩，改題為《你是誰》，並刪去第 18 節。

處影射蔣介石。由於該小說中充滿了政治術語，如「他對於有思想、有正義和熱情的人，不是稱為『奸』，就要叫做『匪』；例如他宣稱『還政於民』，實際上是『玩政於民』，或者『還整於民』，『整』者『整飭』之『整』」等等，已無復霍夫曼「童話小說」的神韻，而變成了成人的政治寓言。胡風批評阿壟的「札海斯」不該如此地「玩弄敵人」，是從政治道德的角度著眼的；路翎批評阿壟「太老成」，則是從藝術表達的角度著眼的。

阿壟的《奇文共賞錄》則是從「方屏」的一篇短文《夜壺》（載成都《光明晚報》副刊「筆端」第 22 期）說開去的。《夜壺》很短，全錄如下：

> 這是旅店，人有這樣的習慣，在陌生的床上，不能安睡。我的鼻子，乃攪合於尿臭——你，不甘於冷漠……撒吧，我起來，從黑角裏提起——呵，你呵竟咚咚然迸出了歡樂之歌……昨夜，你向誰歡歌的呢？明夜，你又向誰歡歌呢？
>
> 我回到床上，然而，夜壺仍然放出刺心的惡臭……
>
> 我沒有尿——我不能不任你冷落，在那黑角……
>
> 然而，夜壺，仍然放出刺心的惡臭……
>
> 有夜壺在，有臭在。

阿壟批評道：「這似乎是出於一個詩人的散文詩。又像是一種諷刺詩。但是，問題在，在這樣的奇文中，我們一點也看不到明確的諷刺作用的。這樣的事象，沒有展開什麼生活的暗示；這樣的象徵，也不能組織什麼戰鬥的行動。諷刺的對象呢？打擊的方向呢？一切不明不白。」這是從藝術表達的角度進行的分析，似乎不無道理。

他又批評道：「他們的『尿』使『夜壺』惡臭，他們並不羞愧，他們的『尿』是聖水，他們的『撒吧』是美德，只有『夜壺』活該。天下大亂以及個人底感冒都由於這個夜壺，多麼可驚的邏輯和多麼可喜的文章！殺人犯用被殺者的血把他底手洗得多麼乾淨呵！賊喊捉賊得多麼理直氣壯呵！這些偽善者們！——在大大小小的事件之中，他們居然偽善得，倒和目前的反民主的也就是反革命的獨裁者們底統治藝術有了一些共通之點！不是麼，他們反人民，但是他們卻說愛人民和愛真理，而且指責人民反了。」這是從政治的角度進行的分析，脫離了作品文本，堪稱誅心之論。

最後，他歸納道：「成都文壇，文章，那是無聊的，文人，那是無賴的，總而言之，那是偽善的。」

　　阿壟對「成都文化」的「憎恨」，其誘因是年前愛妻張瑞的不幸去世，由於個人生活的不幸而遷怒整個「成都文壇」，無論怎麼說都是沒有道理的〔註14〕。胡風當年雖也鄙視「成都文化」，但他並不主張把視野侷限於一時一地。1946 年 8 月 17 日他在給方然的信中寫道：「不僅成都，任何地方的文化知識分子群又何嘗不這樣，如把心情向著他們，那是非弄到自殺不可的。不向著他們，但戰鬥的努力只能一點一點地積起，而且積起以後也總有腐濫變質的情形發生，這些都是無法可想的。生在今天，我們幾乎沒有做任何一件痛快事的可能。」〔註15〕胡風批評阿壟的「憎恨」由於「放縱」而「變質」，可以說是頗為中肯的。

四

　　阿壟收到胡風的批評信後並不服氣，在覆信中作了辯解。胡風又於 9 月 13 日去信，堅稱：

　　　　關於《呼吸》的話，我只是以為大致似如此，因為《呼吸》我沒有詳看。劉（指化鐵）徐（指路翎）當可以有參證的意見的。嚴肅，我還有不相信的？但多少年來，我總感到戰略的要求和戰鬥配合，總不為大家所注意，總脫不了一種恃才的文學青年的氣氛似的，這在朱（指方然）周（指綠原）方面特別明顯。

　　信中雖只提到了《呼吸》，但似應包含《天堂的地板》在內。

　　阿壟堅稱自己編輯叢刊的態度是「嚴肅」的，並非毫無道理。該刊「後記」可為佐證：

　　　　在急喘的呼吸之後，我們和讀者相見。

　　　　讀者如果翻閱到這裡了，那麼，我們不是早就已經熟悉了麼？那麼，為了堅持，我們所經歷的一些艱難、痛苦、感激、和期望，也不是已經為讀者所熟悉的了嗎？

　　　　在這個日子裏，一切問題都簡單化了，一切現象都歸諸本質了。或生，或死，二者擇一。因之，我們底鉛字也就是這樣的：沒有什麼遊戲的，沒有什麼好欣賞的，沒有什麼好點綴的；它也只能是武

〔註14〕參看筆者《胡風書信隱語考》之「成都流氓何企香」一節，載《中國現代文學研究叢刊》2007 年第 6 期。
〔註15〕引自洪鐘《為蔣賊反革命內戰服務的〈呼吸〉與〈荒難〉》。

器，印上油墨，等於印上血跡，為了要過人的生活，這個武器是參加戰鬥的。正如同我們底詩人所說的：「如果只是一篇詩，我又何必寫它呢？」那麼，寫了是為著什麼？

當我們讀到我們底詩人底幾乎是瘋狂的兩個字：「口號」，親愛的讀者，這不是萬心之心，萬聲之聲麼？在這個心裏，在這個聲裏，難道不能激動你底心與你的聲麼？難道你不是馬上就想到：要活還是要死的麼？

「服從大家底仇恨！」

好像以往從來鎮壓著大家底仇恨的我們國家底這個統治關係，是個奇怪的統治關係，似乎是不代表階層的利益；作洋奴，甚至也不使其主子得著利益。但洋奴又必得要作。至於，像小札海斯，這個赫赫之王，以竊取造成了他底「偉大」，而結果被一個小民底一口痰打上了臉，而跌進臉盆淹死了。這種荒唐之言，當然是不足信的了。於是，「上有所好，下必有所甚焉」。奴才主義便蔚然成風了。但不管「學者」、「詩人」、「作家」，這奴才主義總還是不能漂亮起來。他們底奴才主義是襤褸如乞丐。「釋撥糞運動」，「革命公子論」，「少爺們底心境」，以及幾篇雜文，也都算是撥了一下糞。其實，從「思想」上來撥，是不如從他們底「行動」上，從他們底「人身」「私生活」上來撥為妙的。然而，不管我們底老爺、英雄、才子、佳人是怎樣把奴才主義裝扮得花枝招展，我們小民底情緒現在是尖銳的，尖銳到必得要穿過一切，透露出來。穿過各種紙糊的衣冠，穿過各種變戲法的手巾，穿過血塊刀叢，穿過「國境線」，穿過沉沉的，莊嚴的「冬心」……

決死的意志，迫切的行動，尖銳的情緒，這就是我們今天的全部生活內容；也就是我們底創作內容；如果，我們底藝術不能完成它，那麼，讓我們底生命與我們底時間來完成它。

一九四七年五月三十日

但胡風堅稱同人中普遍存在著「恃才的文學青年的氣氛」，也有事實依據。該叢刊所載同人的其他作品也能提供許多佐證。

譬如，羅洛在詩集《我戰鬥》的第三篇「英雄頌」中，把月前上海《文匯報》上因李健吾劇作《女人與和平》而引起的論爭及時地化為了「藝術」表達，

其詩曰：

> 有這樣的英雄：
>
> 一面搽脂抹粉，賣乖送俏，自己扮作女人去購買法西斯手上的
> 和平，
>
> 一面請別人喝彩，拍手，導演自己底街頭劇……
>
> 有這樣的英雄：
>
> 當在高高的擂臺上站立，真是「嬌風凜凜，小氣騰騰」
>
> 維護糞土的偶像，板著面孔證明櫻桃樹以及櫻桃蟲底文藝價格
>
> 大聲幹叫，痛哭流涕，想（也只有想）
>
> 壓倒一切朗朗的聲音
>
> 然而跳下臺來以後
>
> 在人看不見的地方，拱拱手馬上承認錯誤
>
> 「老哥……」
>
> 有這樣的英雄：
>
> 作了賊，除了也高喊捉賊之外
>
> 還挺胸跛立（靈魂的殘廢者啊，這是不是英雄的偶像？）
>
> 挨了耳光還捧著紅臉說打了別人底耳光
>
> 甚至於情急而呼：我無罪！……與你不相干！……
>
> 在逆流中，在英雄的泡沫裏
>
> 生命的劍，笑著突擊著，猛然前進！

第一種「英雄」描摹的是李健吾〔註16〕，第二種「英雄」刻畫的是唐弢〔註17〕，第三種「英雄」比擬的則是郭沫若〔註18〕。無庸深辯，羅洛的「劍」鋒指向似有不妥。

又如舒蕪，他在《革命公子論》中評價臧克家的《我的詩生活》，硬是把「詩生活」解讀成「私生活」，打趣道：「既知公子之少歷繁華，長尋舊夢，而

〔註16〕李健吾是話劇《女人與和平》的作者，該劇公演的當天（1947年1月11日），《文匯報》「筆會」曾以半版的篇幅發表了洪深、柯靈、鳳子、阿湛、豐村的祝賀短文及葉聖陶的祝辭。羅洛譏之為「請別人喝采」。

〔註17〕唐弢時為《文匯報》「筆會」主編，試圖調解因《女人與和平》而引起的論爭，受到耿庸等人的批評。「嬌風凜凜，小氣騰騰」出自耿庸的《略說不安——兼致唐弢君》，載1947年3月17日《文匯報》「筆會」。

〔註18〕郭沫若為平息論爭撰寫了《想起了斫櫻桃樹的故事》，載1947年3月24日《文匯報》「新文藝」。該文引起胡風同人的強烈不滿。

又花叢照影，房裏留春，我們已經知道了一半。另一半呢？不用說，當然是「革命」了。蓋公子於舊繁華夢已破，新溫柔鄉未得之時，也曾西奔夏口，北走遼陽，慷慨悲歌過那麼一陣子的……」他在《少爺們的心境》中批評吳祖光的《少年遊》和黃宗江的《賣藝人家》，對前者的批評是：「祈望能依傍和歷史底道路緊密地結合的戰斗底序列；又自認在拾得的老大中國封建主義底片瓦殘雕中發現了淒哀的美麗。時而認為自己是最可愛的浪漫主義者，用象徵的手法寫道時代底希臘悲劇。而最後，終於頹傷，認為一切均不可救藥；終於妥協，認為一切皆可原諒。」對後者的批評是：「這是一個老實而明白地在唱著他自己的和他代表的那個階級的『天鵝之歌』者。不管他是怎樣在搬用契柯夫，他與那首先是真實地沉重地與人生搏鬥的契柯夫那中間的距離是不可以道里計的。」容易見出，舒蕪的酷評不無可議之處。

認真地說，羅洛和舒蕪的「恃才」並不下於方然和綠原。然而，胡風只批評了綠原、方然，卻未對舒蕪和羅洛置一辭。看來，他並不反對同人的批判目標，只是對其批判的技巧有所品評罷了。

說到底，胡風對《天堂的地板》撰稿人的不滿，是認為他們沒有尊重「戰略的要求」或沒有服從「大的要求」。那麼，他反覆強調的「戰略的要求」或「大的要求」究竟是什麼呢？

1947 年 2 月 8 日《文匯報》組織了一次文藝座談會，出席者有鄧初民、胡風、潘梓年、翦伯贊、洪深、田漢、李健吾、周建人、胡繩等人，發言紀要載於 2 月 23 日《文匯報》「星期講座」。胡風在會上作了兩次發言，他指出：「抗戰後期，由於政治上的急劇倒退，社會退化，這在文藝上的反映，就是迎合墮落生活的趨向，甚至發展到用人民的進步的面具，偽裝色情的東西，所以當時的情形是封建的文化、法西斯的文化，還加上色情的東西。」記錄者從他的發言中抽出了一句話作為小標題，這句話是：「號召：動員一切力量與反人民反時代的文化作鬥爭！」如果我們把這句話理解為胡風提出的「戰略的要求」或「大的要求」，也許不會錯。

當然，尚不能肯定叢刊的所有撰稿人都及時看到並充分理解了胡風在《文匯報》上發出的這個「戰略的要求」或「大的要求」。

方然在《釋「撥糞運動」》中引用的是胡風《關於抽骨留皮的文學論》中「更何況我們還活在相砍之世」那一段話，而羅洛《英雄頌》的題頭詩則引用了胡風《逆流的日子・序》中「文藝在自己的陣營裏面也經驗著一種逆流底襲

擊」那句名言。說來有趣，幾與《天堂的地板》同時出版的《泥土》第 3 期
（1947 年 7 月 25 日）載有「勃弋」的《逆流裏底文藝》，其文也引用了胡風
《逆流的日子·序》中那一整段文字，並寫道：「文藝在今天為什麼不能成為
配合民主鬥爭的武器呢？為什麼不能作為民主戰士的精神食糧呢？我們看見
許多人都這樣疑問著，而終於輕視文藝了。回答這一問題的，有胡風先生……」

　　看來，胡風同人基本上都能正確地理解他提出的「戰略的要求」或「大的
要求」，只是部分同人在藝術實現的過程中力有未逮而已。

胡風在「國際宣傳處」任職情況考〔註1〕

摘要：

　　抗戰時期胡風曾先後兩次在國民黨中央宣傳部國際宣傳處任職，任期近兩年。有研究者稱，中共南方局領導周恩來因此對胡風的政治態度有所懷疑。胡風早年在私人通信曾多次提及任該職事，晚年在回憶錄中卻對此有所避諱。重新考察胡風任該職期間的思想波動及相關遭遇，並從魯迅精神傳承這個角度來作評價，或許會作出新的結論。

　　關鍵詞：胡風；周恩來；國際宣傳處

　　迄今為止，抗戰時期胡風在國民黨中央宣傳部國際宣傳處（下簡為「國際宣傳處」）的任職情況仍是胡風研究中的一個疑點。

　　據郭必強介紹：「國際宣傳處」是國民黨政府為了適應抗戰的需要而設立的一個很「特殊的機構」，它的前身是 1937 年 9 月 8 日在軍事委員會內增設的第五部，1938 年 2 月改隸國民黨中央宣傳部，內設四科一會一室，「即（英文）編撰科、外事科、對敵（宣傳）科、總務科、對敵宣傳研究委員會和一個新聞攝影室」，「其職能概括就是文字宣傳、活動宣傳、廣播宣傳、對敵宣傳和藝術宣傳五大任務，還負責檢查外文新聞電訊。該處雖隸屬於國民黨中央宣傳部，但其經費由軍委會撥出，實行軍事化管理，人員授予軍銜，享受軍人待遇，足見其特殊地位。〔註2〕」

〔註1〕 載《江漢論壇》2009 年第 9 期。
〔註2〕 郭必強：《國民政府秘密組織赴日揭露南京大屠殺真相述評》，載《南京社會科學》2002 年第 12 期。

據筆者所知，胡風曾先後兩次在該處任職：武漢時期（1938 年 3 月至 7 月）和重慶時期（1938 年 12 月至 1940 年 6 月），任職時間累計近兩年。但他享受的似乎是文職待遇，未聞被「授予軍銜」。

胡學常在《胡風事件的起源》中提到胡風重慶任職事，其文第一節取題為「重慶的胡風給了延安一個含混的身影」，認為因胡風未及時向周恩來彙報在「國際宣傳處」任職等原因，「致使周恩來不能不對胡風有了看法。他相信胡風是左翼的革命者，但對他與黨的關係心存疑慮。據艾青說，周恩來給延安的報告就曾提到：『胡風和共產黨並不完全一條心。』」〔註3〕

如果胡學常轉引的關於周恩來對胡風的「看法」和「報告」可信的話，那麼胡風就是第二次因「職業」問題而受到政黨中人的懷疑了。第一次，他因在孫科主持的「中山文化教育館」（1933 年 7 月至 1934 年 10 月）任職被左聯黨團懷疑與國民黨有關係。這次，是由於在「國際宣傳處」任職而被中共南方局認為政治上有「問題」。

看來，重新考察胡風在「國際宣傳處」的任職事還是有必要的。

一

胡風與「國際宣傳處」發生聯繫的時間可上溯到 1938 年 2 月初。

2 月 7 日他在家書中寫道：

> 看情形，我暫時很難回來了。因為，崔萬秋要我到國際宣傳處去，大概每月有百元左右的「生活費」，我想暫時只好接受了再說。不過這裡有一個問題，一是怕束縛了我底時間，一是怕自己人不瞭解，說我不去臨汾而要在這裡「做官」。子民、奚如等說是叫我答應了再說，我想明天去「到任」了。這樣一耽擱就是幾天，即令能請「假」回來，但《七月》又逼近了。到底怎樣，過兩天再看罷。我答應這個事，完全為支持《七月》和無法解決你和孩子的問題。不然，我就去臨汾，免得「冤言載道」。現在暫時這樣辦，其他的且聽下回分解。〔註4〕

信中提到的崔萬秋，曾任上海《大晚報》副刊《火炬》主編，時任「國際宣傳處」對日宣傳科科長；（熊）子民，民主人士，當時正協助「八路軍武漢

〔註 3〕 胡學常：《胡風事件的起源》，載《百年潮》2004 年第 11 期。
〔註 4〕 曉風選編：《胡風家書》，第 43～44 頁，復旦大學出版社 2007 年 4 月出版。

辦事處」（下簡為「八辦」）工作，並兼《七月》的發行人；（吳）奚如，時任中共長江局（下簡為「長江局」）主要領導人周恩來的秘書，且為長江局「文委」成員之一。

當時，胡風在武漢主編《七月》半月刊，加入了長江局組織部長博古（秦邦憲）領導下的「一個調整文藝領域工作的小組」〔註5〕，參與了籌建中華文協的工作。而梅志母子自「七七事變」前來蘄春探視胡風的父母后，一直留住在鄉下。他們期盼著能在武漢團聚。

從該家書可以得知，胡風為了實現家庭的團聚而不得不接受了崔萬秋的邀請，薪酬也已談妥，並作好了「到任」的準備。

但他在回憶錄中卻否認此事，寫道：「到武漢以後，由於客觀的情況，不可能不和對敵宣傳工作發生一些直接間接的關係。在上海認識的崔萬秋，這時在國民黨中宣部國際宣傳處對敵宣傳科負責。他這個對敵宣傳工作無法做，幾次拉我去幫忙。我雖然有從職業取得生活補助費的必要，但一則時間不允許，再則，我也沒有方法沒有能力做這個宣傳工作。只好拒絕了。〔註6〕」參看家書所述，可知「拒絕」事失實。

從該家書也可以得知，他當時對接受「國際宣傳處」職務的最大顧慮是「怕自己人不瞭解」。這裡的「自己人」，指的就是長江局的領導。

胡風的顧慮並不是沒有道理：一是他曾兩次拒絕聽從長江局的工作安排，已給有關人士留下了不好的印象。二是「國際宣傳處」實屬國民黨轄下的重要機關，並不是左翼人士能隨便進入的部門。他擔心有關人士會從政治上抓他的小辮子。

1938年1月初，長江局動員「七月社」同人去山西臨汾民族革命大學任教。蕭軍、蕭紅、聶紺弩、艾青、田間、端木蕻良等於1938年1月31日啟程，唯獨胡風一人未聽召喚。同年2月初，博古又勸胡風「放棄刊物去山西」，被他再次拒絕。〔註7〕

不聽命的後果當然很嚴重，潘漢年（時任「八辦」領導）出面讓熊子民「不要做發行人」，企圖讓《七月》自動坍臺。胡風很氣憤，在家書（2月3日）中寫道：「《七月》發生了問題，我感到無比地氣悶。這回的問題，不是官方，而

〔註5〕《胡風全集》第7卷第356頁，湖北人民出版社1991年1月出版。
〔註6〕《胡風全集》第7卷第367至368頁。
〔註7〕《胡風全集》第6卷第319頁，湖北人民出版社1991年1月出版。

是自己。潘漢年等把子民找去，要他不要做發行人，至於我，頂好到臨汾去，由我自己決定云。看情形，這裡面一定有什麼古怪，好像從他們看來，我底幾個月的勞力，苦心，《七月》底健康的影響，不但不算什麼，反是一件壞事似的。」

此事發生在上引 2 月 7 日家書的前 4 天，很可能就在「子民、奚如等說是叫我答應了再說」以後。由此推斷，信中關於「不去臨汾而要在這裡『做官』」的批評並不是預測，而是已發生的事實。

長江局的批評也不是沒有道理。抗戰初期，中共尚不允許其成員進入國民黨政府機構任職。《中央關於共產黨參加政府問題的決定草案》（1937 年 9 月 25 日通過）明確指出：「在黨中央沒有決定參加中央政府以前，共產黨員一般的亦不得參加地方政府，並不得參加中央的及地方的一切附屬於政府行政機關的各種行政會議及委員會。這種參加徒然模糊共產黨在人民中的面目，延長國民黨的獨裁統治，推遲統一戰線的民主政府之建立，是有害無利的。」該禁令於 1938 年初國共合作深化後開始鬆弛，以周恩來進入國民政府軍委會政治部任職為顯著標誌。

胡風不是中共成員，似乎可以不受該「決定草案」的約束；但他參加了博古領導的「小組」，視長江局領導為「自己人」，便是自願地置身於組織之中。他在國民黨機關中任職理應正式地請示並獲得批准，可惜他沒有這樣做。

二

當年，胡風接受崔萬秋邀請所欲供職的單位是「國際宣傳處」的「對敵宣傳研究委員會」，而不是他在回憶錄中所提到的「對敵宣傳科」。

家書的記述可糾正回憶錄中的誤植，1938 年 2 月 15 日的家書中有如下一段：

> 我上次信說的崔萬秋要我去的那個事，後來不成功，因為「日本研究會」從他手裏拿給原做橫濱領事的了。結果是他向我抱歉一通。在現在，《七月》每期我可得三十元的樣子，你來，用是夠的，不過房子還沒有找著，要自己起夥總是弄不來的。所以，你暫住些時罷，我有了頭緒當回來一趟。

由此信可知，崔萬秋當年不僅是「對敵宣傳科」科長，還曾同時主持「對敵宣傳研究委員會」，他邀請胡風加入的是後一個機構。胡風沒能馬上「成功」

的原因不是崔萬秋反悔，而是該委員會的頭頭換成了原駐日本橫濱領事邵毓麟。他對此事的落空有點惋惜，但並不認為因此會影響家庭的團聚。

半個月後，任職事又有了「頭緒」。他在 3 月 8 日的家書中寫道：「二十號以前，我恐怕回來不成了。不過，我要『將功贖罪』，回來之前一定把住的問題弄好，回來就是迎接你們的。還有，我底小官也許做得成，至少在日用上總不會那樣寒傖的。這些都沒有妥當，也是我現在不能回來的原因。」

他在回憶錄中曾談到結識邵毓麟的經過，稱：「《大公報》張季鸞請客時，我和他認識了。通過張季鸞和崔萬秋，他再三再四地拉我參加他的工作。……他說要借我的名義爭取對敵工作的影響，也實在不好拒絕。哪知接了聘書一看，是要在編譯室做具體業務工作，只好湊合下去再說了。」將 2 月 15 日、3 月 8 日家書與這段回憶對看，當知家書所述更為準確。

胡風接受「國際宣傳處」聘書的時間不遲於 3 月 11 日，當天的家書中有記載：

> 我已開始辦「公」了。聘書已送來，每月錢是有一百多，但要我每天辦公，和那些莫名其妙的人混，也實在太苦了。但生活如此，只有暫時敷衍一下再看。本月底至少可拿一百元罷。

拿到薪水後，他於 4 月 5 日返鄉將梅志母子接到武漢。未久，梅志母子便先行赴湖北宜都暫住。他們在武漢團聚的日子不到三個月。

自從胡風接受這個職務後，負面效應便接踵顯現：當年 4 月長江局在組建軍委會政治部第三廳時，沒有把他列入任職人選；他向吳奚如提出意見後，據說周恩來曾有意推薦他出任三廳的「設計委員」，不料又被王明等否決。7 月初中華文協又傳出他「沒有做事」的流言，長江局於是動員他到延安「魯迅藝術學院」去工作〔註8〕。儘管如此，他仍沒有放棄這個職位的打算。

7 月下旬，武漢周邊戰事趨緊，「國際宣傳處」計劃南撤，胡風也作好隨遷的準備。所幸的是，月底邵毓麟突然宣布將他免職。7 月 30 日他在家書中喜憂參半地寫道：「這也好，算是替我決定了一件事。不然，還得跟他們跑衡陽，那實在太氣悶了。說是多發一個月薪水，我底逃難本錢就算有望了。」

從 1938 年 3 月中旬至 7 月下旬，胡風在「國際宣傳處」下屬的「對敵宣傳研究委員會」任編譯，月薪百餘元，任期共 4 個半月。

〔註8〕曉風選編：《胡風家書》，第 58 頁。

三

1938 年 12 月初，胡風攜梅志母子至重慶。不久，又繼續在「國際宣傳處」任職。

他在回憶錄中寫到再次接受職務的經過：

> （抵重慶）幾天後崔萬秋來看我，還約我們到他家，然後和他們夫婦一道出去吃飯，這些都是表示好感的意思。最後，他來商量說，國際宣傳處給我一個特派員的名義要我去，月薪一百六十元。這筆錢對我可是個不小的數目。宜都的一家老小需要我資助，但一月四十八元的教書錢連我們自己都很難維持生活。我提出只能做半天工，一周還得去復旦兩天，當然，交下的工作我會利用晚上的時間來補上。他們都答應了。到那裡去還有個好處是，可以看到日本新出的報刊，瞭解日本的進步文化活動，同時工作也並不多，只要為對敵宣傳廣播寫寫稿，或看看別人的稿，譯點有參考價值的資料。
>
> 這樣，我就同意了擔任這個「特派員」工作。〔註9〕

武漢時期，胡風在該處的職位是「編譯」；重慶時期，他的職位是「特派員」，地位提高了，薪酬也相應提高。過去，他供職的單位是邵毓麟牽頭的「對敵宣傳研究委員會」，現在是崔萬秋任科長的「對敵宣傳科」。

他在回憶錄中談到在該科工作的情況，寫道：「國際宣傳處對敵宣傳科的經常工作只有兩項：收聽並記錄敵方廣播和選譯敵方報刊中可供參考研究的時論。我和高麟度等做翻譯工作，每人每月譯一至三篇，材料由自己選或由崔萬秋指定。和我在中山文化教育館時是同樣的工作，不同的是，那是在刊物上發表，而這是油印發到國民黨有關部門供參考的密件。〔註10〕」

實際上，「中山文化教育館」與「國際宣傳處」還有一個重大的「不同」。前一機構，「即使有國民黨的援助，也是與（國民）黨相脫離的文化教育團體」〔註11〕；後一機構，則是國民黨的機要部門。胡風只提到譯文是「發到國民黨有關部門供參考的密件」，而未談其工作單位的機要性質。

周恩來時任國民政府軍委會政治部副部長，可以讀到「國際宣傳處」發下

〔註9〕 《胡風全集》第 7 卷第 425～426 頁。

〔註10〕 《胡風全集》第 7 卷第 452 頁。

〔註11〕 千野拓政：胡風與《時事類編》（朱曉進譯），《中國現代文學研究叢刊》1992 年第 1 期。

來的「供參考的密件」，也從而獲知胡風在該處的任職情況。胡風回憶錄中提到這樣一個細節，「一天，周副主席在談話中提到，日本政論家都估計中國的抗日民族統一戰線不會破裂，敵人都比國民黨某些人要高明得多。我報告周副主席，那篇文章是我譯的，他這才知道。」〔註12〕

胡學常文中所謂「重慶的胡風給了延安一個含混的身影」，就是從這件事中生發出來的，至於周恩來是否因此就判定「胡風和共產黨並不完全一條心」，尚待更權威的史料來證實。

胡風在「對敵宣傳科」任職後，得到了崔萬秋的關照。他在武漢任職時「雖然不是每天上下午必到，但至少也得隔天去一次」，而崔則事先答允他「只做半天工」；他不能按時上班，崔便找人模仿他的筆跡代簽到，「這才將上面騙過」；他因事多日不能來上班，崔便給他「停薪請假」的待遇。

後來，崔萬秋對他逐漸冷淡。1939 年底該處調薪，別人都加薪，唯獨沒有他。他不服，便提出辭職，經崔再三解釋便答允加薪後，他才撤銷了辭呈。1940 年 6 月重慶遭遇日軍空襲，他多日未去上班，崔兩次去信催其來「辦公」，他卻於 7 月 1 日再次遞交辭呈，崔這次沒有挽留。

從 1938 年 12 月至 1940 年 6 月底，胡風在「國際宣傳處」任「特派員」，任職時間長達長達一年半。

胡風在回憶錄中談到「飯碗終於打破了」的原因，寫道：「他起先是想拉攏我以壯聲勢，後來一看我不被收買，又不按時上班，還常常給他捅漏子，我找的材料也不是他們所需要的，這樣，崔萬秋就說出了牢騷話：『誰不知你胡風是什麼人！』對我，逐漸地冷淡起來了。〔註13〕」

其實，這事並不能全怪崔萬秋，胡風也有一定的責任。崔早在上海編副刊時就知道胡風「是什麼人」，仍一再邀請胡風，共事時也對他相當寬容，足證他有與左翼文化人團結抗戰的意望；胡風早就知道「國際宣傳處」的隸屬關係及性質，既然不避嫌疑地進來了，至少應遵守基本的作息制度，過於散漫的職員總是不受歡迎的。一言以蔽之，胡風這次「飯碗」的被打破，實與政治因素無關。

四

胡風與「國際宣傳處」關係始末大致如上述。

〔註12〕《胡風全集》第 7 卷第 452 頁。
〔註13〕《胡風全集》第 7 卷第 462 頁。

該機構雖屬國民黨的機要部門之一，但胡風在其中所擔負的工作只是「為對敵宣傳廣播寫寫稿，或看看別人的稿，譯點有參考價值的資料」。以今天的眼光來看，似乎不會產生政治上的誤解。

不過，胡風當年確實並未意識到在國民黨機要部門中任職有何不妥。他是一向把「職業」與「事業」分開來看的，前者是謀生的「飯碗」，後者是追求的目標。他的這個觀念得之於魯迅生平經歷的啟發。

1945 年，胡風的朋友舒蕪曾打算放棄大學教職去當專業作家，他於 6 月 26 日去信勸道：

> 你大概不贊成為物質生活而做職業的辦法。那麼，在現狀上說，只有完全向市儈投降，而且，投降了也不能生活的，即使願意經常向人伸手求乞。就老人說，最後在上海才離開職業，而且那時候還有蔡先生對他的補助。我自己，在武漢做了職業，直到被趕掉。在重慶做了職業，直到被趕掉，但幸而接著就做了委員。現在還吃著節下來的軍米，吃完了以後就非發生恐慌不可。〔註14〕

信中提到的「老人」指的是魯迅，「蔡先生」指的是蔡元培。魯迅曾在國民政府教育部任職 14 年（1912 年到 1926 年），後來又接受大學院院長蔡元培給予的「特約撰述員」及教育部長蔣夢麟給予的「教育部編輯費」5 年（1927 年至 1931 年）。陳明遠在《魯迅一生掙多少錢》一文中評述了魯迅拿政府的錢並不維護政府的態度，稱頌道：「錢，是他堅持『韌性戰鬥』的經濟基礎。」信中所說「在武漢做了職業」，指的是他曾在邵毓麟主持的「對敵宣傳委員會」任職事；「在重慶做了職業」，指的是曾在崔萬秋主持的「對敵宣傳科」任職事；「幸而接著就做了委員」，指的是在郭沫若主持下的文化工作委員會任專任委員事。在胡風看來，在國民政府中任職與在國民黨機構中任職並無區別，都是「做職業」，並不妨礙對文學事業的追求。

從魯迅精神傳承這個角度來重新評介胡風在「國際宣傳處」任職事，或許會作出新的結論。

〔註14〕曉風輯注：胡風致舒蕪書信全編（下），載《新文學史料》2008 年第 2 期。

試論胡風對老舍的階段性評價〔註1〕

　　近年來坊間出現了一些關於老舍與胡風關係的新說法，如蔣泥在專著《老舍之謎》中的猜想，及散木在文章《老舍之「謎」——兼說老舍與胡風》中的推測。不管他們的猜想和推測有無依據，這至少證實，老舍研究尚大有可為。從作家關係這個新角度開掘進去，或可打破老舍研究的停滯局面。

　　胡風的批評家生涯始於上世紀 30 年代初期，終於 80 年代中期，除去因政治因素缺席的若干年，零打整算也有 40 餘年，跨越若干歷史階段。

　　在老舍文學道路的若干重要關節處，胡風都有過評價，涉及老舍的人品、作品和創作思想，儘管有些評價存於私人通信中，儘管有些評價不甚明確，但從中仍可讀出胡風對老舍的真實看法，也可折射出「中國的果戈理」與「中國的別林斯基」（散木語）關係的真實的一面。

　　以下分敘之。

（一）1932 年 8 月老舍的長篇小說《貓城記》開始在《現代》雜誌連載。同年底胡風撰文把該刊小說作者全部打成「第三種人」。由於《貓城記》還沒有連載完，胡風一筆帶過，未予置評。假若小說連載完成，胡風決不會稍加寬宥。從胡風其時的批評標準及對同類作品的批評實踐來看，他可能給予老舍的階級定性只能是「第三種人」（小資產階級作家），可能給予《貓城記》的評價只能是：「這篇作品，用政治上的術語講，是錯誤，用藝術上的術語講，是失敗。」老舍在小說《抓藥》中對這類「只放意識不正確的炮」的批評家進行了回擊

胡風讀過老舍的長篇奇幻小說《貓城記》。

1932 年 8 月《貓城記》在《現代》雜誌連載，次年 4 月載完。這是老舍

〔註 1〕 載《新文學史料》2009 年第 3 期。

創作生涯中最重要的小說之一，它展示了作家對當時中國「政治、軍事、外交、文化和教育諸方面」的深刻思考，其批判的深度和警世的力度舉世無雙。

胡風於 1932 年 12 月應《文學月報》主編周揚邀請，撰寫了題為《粉飾，歪曲，鐵一般的事實》的長文（載 1932 年 12 月 15 日《文學月報》第 1 卷第 5、6 期，署名谷非）。胡風稱，他的批評範圍是「全體二十三篇（除掉未完的一篇）創作」。這「未完的一篇」，指的就是老舍的《貓城記》。

該文把在《現代》雜誌第 1 卷上發表小說的 14 位作家（張天翼、魏金枝、穆時英、杜衡、施蟄存、沈從文、郁達夫、巴金、靳以、馬彥祥、沈櫻、汪錫鸝、嚴敦易、彭彤彬）全部打成「第三種人」。並嚴肅地批評道：

> 我們的作者們以為站在第三種人的中立的客觀立場上，可以把握到客觀的真實，殊不知他們的認識大大地受了他們的主觀的限制。
> 為了他們「藝術」的前途，我們誠懇地希望作者們「百尺竿頭更進一步」，和新興階級的主觀能夠有比現在較好的接近。

胡風踏上文壇的第一炮便顯現出「一杆子打翻一船人」的大膽作風，老舍僥倖地躲過了這一炮。

設若《貓城記》連載完成，胡風會給予什麼樣的評價呢？

可以從以下兩方面進行論證：

其一，從胡風當年所持的批評標準來看。他當年的批評標準是左傾機械論指導下的「政治藝術一元論」，認為：「政治的正確就是藝術的正確，不能代表政治的正確的作品，是不會有完全的藝術的真實的。」他對政治的解釋是：「以一九二七年冬天為起點，中國革命已達到最高階段，並且已發展到直接與帝國主義發生衝突的決勝時期。」因此，作家應「將文藝的任務與階級實踐相結合」，表現「鬥爭的主題」。〔註2〕老舍的《貓城記》與他的要求相差甚遠。

其二，從胡風當年對同類藝術作品的批判來看。巴金的《海的夢》載於《現代》第一卷第 1～3 期，《貓城記》的體裁、主題和表現形式均與其相似。胡風批評道：《海的夢》力圖表現「一個民族的大悲劇」，但「沒有從現實生活出發的統一了感情與理智的實踐情緒，只有抽象的『對於自由、正義以及一切的合理的東西的渴望』」，「所以，這篇作品，用政治上的術語講，是錯誤，用藝術

〔註2〕《現階段文藝批評的幾個緊要問題》，作於 1932 年 4 月，曾以《現階段戰爭文藝批評的二，三個重要問題》為題發表於日本藝術學研究會《馬列主義藝術學研究改題》第 2 輯，後載於 1933 年 1 月《現代文化》第 1 期。

─462─

上的術語講，是失敗。」這個判詞完全適用於《貓城記》。

蘇汶作了反批評（《一九三二年的文藝論辯之清算》，載《現代》2 卷 3 期），認為胡風以「無產階級作家」自居，毫無道理地把其他作家打成「小資產階級作家」。指出，這種以階級劃分作家的方式是「左傾宗派主義」。

巴金也作了反批評（《我的自辯》，載《現代》2 卷 5 期），認為胡風是「拿出一個政治綱領的模子」來套作品，根本不顧及「構成一個作品的藝術上的諸條件」。

老舍當時沒有參與論爭，只是在胡風類的批評愈演愈烈後，在小說中巧妙地進行了反擊。1934 年他在小說《抓藥》中塑造了一位名叫「青燕」的批評家，批評他「只放意識不正確的炮」，把作家逼到死路上，並借用農民二頭的嘴罵他：「揍你個狗東西！」

（二）1938 年 4 月老舍在文藝界統一戰線群眾團體「中華文協」中執掌帥印，同年 7 月又有政治部第三廳將聘請他出任「設計委員」的傳言，胡風極為不滿，認為這是中共長江局文委壓制「七月派」的重要舉措。他在家書中對老舍表示輕視。在他看來，他是當然的「左派」，老舍是只可以團結但不應重用的「中間派」。老舍在小說《一塊豬肝》中對這類自以為思想「前進」、「天然的應當負起救亡圖存的責任」的人物進行了諷刺

1938 年初，胡風對老舍的人品文品作了第一次非正式的評價。

抗戰初期，胡風對老舍的看法仍停留在 30 年代初期，並未因時代主題的改變而改變。他仍自居為「左派」，而視老舍為「中間派」。

1938 年 7 月 18 日他家書中寫道：

> 我這樣安分的戰鬥法都會受到創造社的暗箭，你看這些傢伙底毒辣。前天聽說老舍都被任為政治部設計委員，這當然是郭沫若馮乃超之流招兵買馬的大計劃裏面的一次。但我看，只要《七月》不死，他們想統治文壇的夢是不容易完全實現的！

信中提到的「創造社」，可讀為中共長江局文委。當年，原創造社成員有很多在中共長江局（「八辦」）文化工作委員會、軍委會政治部第三廳等機構中擔任重要職務，如在三廳中任廳長的郭沫若、任主任秘書的陽翰笙、任第六處處長的田漢、任第七處第三科科長的馮乃超，還有任武漢「八路軍辦事處」負責人的潘漢年。

信中提到的「政治部設計委員」，用胡風的話來說，是個「掛名拿錢」的

美差。這個職位是軍委會政治部為延攬國內外知名人士而特設的，性質近於「顧問」，有屬部和屬廳兩種，月送車馬費 200 元。屬三廳的「設計委員」有郁達夫、陽翰笙及日本友人鹿地亙、池田幸子等。其中，郁、陽均是原「創造社」成員，鹿地亙是馮乃超留學日本時的同期同學。

從如上的表述中，不難讀出胡風對中共長江局文委的憤怒及對老舍的輕視。

胡風很生氣，後果很嚴重。

他可能這樣想：（像）老舍（這樣的人）都被任為政治部設計委員，置我這樣的「左派」於何地？這樣的表述他還用過一次，據梅志回憶，「胡風聽到老舍自殺的消息，吃了一驚，說，『像老舍這樣的人他們都容不下！』」

在胡風心目中，老舍究竟是什麼樣的人？直言之，是只能由他這樣的「左派」來「團結」，但不應被重用的「中間派」。

胡風為何如此，說來話長。

中共長江局原有讓胡風在「中華文協」中擔綱的構想，不料胡風落敗於王平陵，於是轉而與馮玉祥協商，敦請老舍掛帥。當年 4 月，「中華文協」以不記名方式投票選舉理事，老舍深孚眾望，得票居首，胡風卻再次落敗於王平陵，得票第十六位。在這次文藝界的「民意測驗」後，長江局在組建政治部三廳及推薦「設計委員」時，便不再考慮胡風。

老舍目睹了抗戰初期各派人士為爭奪「中華文協」領導權而進行的鬥爭，在小說《一塊豬肝》中對某些自以為思想「前進」、「天然的應當負起救亡圖存的責任」的人物進行了諷刺。

但，關於老舍就任三廳「設計委員」的事，或許只是傳言，或許老舍並未赴任。有如下兩信可為佐證：

1938 年 10 月 19 日老舍致胡風，稱：「事忙，文章寫不出，成績不佳，入款少（還是決不拿政府的錢）……〔註3〕」

1939 年 5 月 17 日老舍致陶亢德，稱：「我個人所以不願入衙門者，只是因為才薄學淺，擔不起重任而已。」

順便提一句，胡風 1938 年 3 月在「國民黨中央宣傳部國際宣傳處」任職，月薪百餘元，7 月初因該處南撤退被辭退，經濟上發生困難，他急於想得到「設計委員」一職以贍養家庭，對老舍事發點牢騷，也不是不可體諒。

〔註3〕轉引自張桂興《老舍年譜》修訂本（上）第 272 頁。

（三）1939 年 5 月 4 日日軍飛機轟炸重慶，老舍在悲憤中創作了小說《「五四」之夜》，這是一篇風格新穎的作品，胡風破例在《七月》上發表。該事實曾被研究者視為二人交好的一個例證。胡風晚年曾憶及此事，卻說收稿時就看出「他（只）寫了一點現象，沒有內在的東西。只好把開頭的一段空話去掉發表了，應一應景」，還引申他人議論，說「新生事物——新風格」一定能夠戰勝「腐朽事物——舊風格」。前者指「七月派」的作品，後者指老舍的作品。由此可見，胡風長期以來對老舍的作品是有定見的

抗戰時期，胡風曾破例在其主編的刊物上發表過老舍的一篇作品，這也是唯一的一次。他晚年回憶說：

> 《七月》1939 年在重慶復刊時，正在大轟炸之後，想有一點反映它的文章。但沒有可約的人。想來想去，就請親身經過的老舍寫一點看。他寫了一點現象，沒有內在的東西。只好把開頭的一段空話去掉發表了，應一應景。出版後，收到了抗戰前在上海替林語堂的刊物做登記發行人的英國人馬彬和一封信，說拿起刊物來讀，竟被吸引著一直讀下去，愛不釋手，這是他從來未有過的意外事，云。我聽說過這個人是英國資產階級子弟，愛好中國，拋棄了家庭到中國來過清貧生活，尋求光明。想不到他對新生事物這樣敏感和熱情。就給他寫了回信約他見一面。我問他，有什麼使他認為不好的文章沒有？他不加思索地說，老舍那一篇不好。老舍是他在做發行人的林語堂刊物上的撰稿人，大作家，他的回答也是出我意外的。但同時也就覺得他說的是真心話。因而想，對於一個有古典文學修養的人，新生事物——新風格也是一定能夠戰勝腐朽事物——舊風格的。（《胡風全集》第 6 卷第 627 頁。）

老舍的稿子題為《「五四」夜》，載《七月》第 4 集第 1 期（1939 年 7 月出版），排在「當重慶在血火中的時候」專欄的第二篇。

該事實曾被研究者視為二人交好的例證，上面的引文卻打破了這善意的推測。

胡風說收稿時就看出該文「沒有內在的東西」，後面又說與馬彬和約談後，才感到「出我意外」。似乎有點前後矛盾。

胡風說他當時便想到，「新生事物——新風格」一定能夠戰勝「腐朽事物——舊風格」。此說是從馬彬和的來信內容中引申出來的。前者指「七月派」

的作品，後者指老舍的作品。

胡風認為該文代表著「腐朽事物——舊風格」，這個評價似乎不太公正。

實際上，這篇文章寫得極有特色。如表現空襲中人們的驚恐，採用電報碼的句式，短促，簡潔，快速，有海明威的節奏。舉一段為證：

> 沒的談，我們憤怒；連口水也沒的喝，也不顧得喝！有人找，出去看，趙清閣！她頭上腫起一個大包，臉上蒼白，拉著一個十二三歲的小學生。幾句話就夠了，她去理髮，警報，轟炸，她被震倒，上面的木石壓在身上；她以為是死了，可是蘇醒了過來。她跑，向各路口跑，都被火截住；火，屍，血，斷臂，隨時刺激著她，教她快走；可是無路可通。那小學生，到市內來買書，沒有被炸死，拉住了她；在患難中人人是兄弟姊妹。她拉著他，來找我，多半因為只有這條路可以走過來；衝天的火光還未撲到這邊。

平心而論，這樣的語式和節奏在「舊風格」作品中是找不到的。

李廣田非常讚賞老舍筆下的這種「節奏」，稱讚其與「情調」完全協調，他曾引用老舍短篇小說《火車》中的如下一段：

> 快去過年，還不到家，快去過年，還不到家！輪聲這樣催動。可是跑得很慢。星天起伏，山樹村墳集團的望後急退，衝開一片黑暗，奔入另一片黑暗；上面灰煙火星急躁的冒出，後退；下面水點白氣流落，落在後邊；跑，跑，不喘氣，飛馳。」並讚揚道：「當他寫作的時候，他的耳朵裏一定是聽到了那火車急進的聲音，他的全心靈都為那火車急進的節奏所震動，不然，他就寫不出這樣的文字來。(《論情調》)

《「五四」之夜》也是這種全新風格的作品，老舍用他的眼睛、耳朵和「全心靈」攝下了當重慶遭受日寇轟炸時，中華文協的一群作家，周文、羅烽、宋之的、趙清閣、安娥、陸晶清等的瞬間行為，為抗戰文藝留下了寶貴的一幀剪影。

胡風卻稱之為「舊風流」與「舊風格」，由此可見，他對老舍的作品是有成見的。

(四) 1944 年 4 月大後方文化界舉行「老舍創作二十年紀念會」，胡風作了大會發言，對老舍的生活和創作道路進行了獨具個性的評價。他認為老舍戰前的創作道路不正確，屬於「舊傳統」和「舊風格」。此說未徹底擺脫 30 年代初的「左傾機械論」及 30 年代末的流派偏見；

　　他認為老舍戰時的創作道路也走了彎路，利用舊形式來作「救急」
工作，是「落進了當時一些理論家所犯的誤解」。此說不僅是對同日
《新華日報》短評的否定，也是對抗戰文藝界同人公論的質疑，當
然不會被老舍所認可。透底地說，胡風在抗戰初期為「救急」工作
所作的理論指導──「漢字拉丁化、方言文學的發展」──更不具
有可操作性

　　1944 年 4 月 17 日「老舍創作二十年紀念會」在重慶召開，胡風作了大會
發言。這是他對老舍人品文品的第一次正式評價。

　　「紀念會」當日，重慶《新華日報》發表短評《作家的創作生命──賀老
舍先生創作廿週年》，指出：「他二十年來的工作對中國新文藝的發展的確是有
他的獨特的貢獻的」，「他又曾為了實際的需要而嘗試運用各種文藝形式（包括
民間文藝形式），這對所謂既成的作家是很難能的事」。重慶《新蜀報》刊載《老
舍先生創作生活二十年紀念緣起》，指出：「先生的創作生活事實上是與中國新
文藝同時發軔，也將與中國新文藝日益堂皇而永垂不朽。先生在我們新文藝史
上劃出了一個時代，他肥沃了我們的園地，豐饒了我們的收穫。」這些，都是
恰如其分的評價。

　　胡風發言的題目是《祝老舍先生創作二十年》（後改題為《我與老舍》）。
他對老舍的評價不同於上述兩文，獨具個性。

　　他把老舍的創作道路分為戰前和戰時兩部分，並作了階段性評價。

　　他對老舍戰前創作道路的評價不高，說：「就舍予本人說，戰爭以前所走
的路不僅僅是『舊風流』，那裡面還有著通到現在以至將來的血脈。」

　　以「舊風流」概括老舍戰前的創作道路，也如以「腐朽事物──舊風格」
來概括老舍的《「五四」之夜》一樣，都有欠準確，未徹底擺脫 30 年代初的「左
傾機械論」及 30 年代末的流派偏見；但從老舍前期創作中找出了一條「通到
現在以至將來的血脈」，即指出老舍創作思想有其一貫性，則非常中肯。

　　順便提一句，陽翰笙在《一封向老舍先生致賀的信》中有「有時你雖不免
要繞繞彎子走走曲徑」之說，胡風與他同調。

　　胡風在發言中稱老舍是「大眾生活的親切的同情者和大眾語言的豐富的
擁有者」，這主要是針對他於 1941 年前後讀過的老舍長篇小說《駱駝祥子》和
短篇小說集《趕集》而言的，「血脈」的來源也在這裡。晚年，他對兩「者」
的說法有所更正，後面將提及。

　　他對老舍戰時創作道路的評價也不高，說：「到今天問題是明白了……雖

然在基本態度上我們應該最大地重新強調他的為戰爭獻身，向舊的傳統分離的決心。就新文藝的任務說，『救急』的工作並不能和藝術創作的工作截然分離，真正能夠收到『救急』效果的工作一定要通過藝術創造，真正的藝術創造也有著『救急』的作用，雖然在基本態度上我們應該重新強調藝術應該活在人民的解放要求裏面的他的精神。」

兩個「雖然在基本態度上」後面都應跟上一個「但」字，所表達的是從政治立場上對評論對象的最低限度的肯定；當然也可理解為，所表達的是從藝術效果上對評論對象的最高程度的否定。這主要是針對著老舍為宣傳抗戰所創作的大量通俗性作品而發的。必須指出，胡風的批評觀較之 30 年代初有所變化，雖未脫離文藝為政治服務的大框架，但改「政治文藝一元論」為二元論，政治與藝術分論，顯然受到毛澤東「延座講話」的影響。

以文藝喚起民眾，服務於抗戰，這是抗戰初期國共兩黨統一戰線對文化人的政治號召，曾通俗地表述為「文人下鄉，文章入伍」；利用舊形式，則是抗戰初期進步文化人為適應民眾的文化程度而不得不選擇的實踐方式，曾通俗地表述為「舊瓶裝新酒」。如能以「真正的藝術創造」來做「救急」性的抗戰宣傳，那當然再好不過，實際上卻無法實現。老舍是如此，「七月派」也是如此。

胡風在發言中特別指出老舍在抗戰初期利用舊形式來作「救急」工作，是「落進了當時一些理論家所犯的誤解」。這裡提到的「理論家」主要指郭沫若，也包括吳奚如、吳組緗等人。《七月》雜誌社曾於 1938 年 4 月 24 日召開「關於宣傳‧文學‧舊形式的利用」的討論會，吳奚如、吳組緗贊同「利用舊形式」，後者甚至說：「文學和抗戰，假若萬一有相妨相礙的地方的話，我們寧願叫文學受點委屈，去服從抗戰。」胡風在座談會上發言，他認為「利用舊形式」的作品「不會收到提高民眾水準的結果」，而主張注重「漢字拉丁化、方言文學的發展」。郭沫若於 1938 年 6 月發表《抗戰與文化》（載 20 日《自由中國》第 3 期），指出救亡宣傳應以「普及」為主，為此提出「無條件反射」論。胡風讀後「氣得發抖」（1938 年 7 月 18 日家書），撰文《要普及也要提高》針鋒相對，詆之為「愚民政策」。

老舍在抗戰初期也是公開宣稱為了救國寧願委屈藝術的代表作家之一。

1938 年他在《本刊半年來的回顧》中寫道：「我們的立場既是協力同心打日本鬼子，我們當然便顧及宣傳的普遍性……我們萬不能因維持文章的水準，

而忽略了士兵與老百姓。」同年又在《這一年的筆》中寫道:「假若寫大鼓書詞有用,好,就寫大鼓書詞。藝術麼?自己的文名麼?都在其次。抗戰第一。我的力量都在一枝筆上,這枝筆須服從抗戰的命令。」他是完全自覺自願的,並未受任何誤導。

抗戰勝利後老舍作《八方風雨》,總結抗戰時期的文學道路,寫道:「八年中我寫了:鼓詞,十來段。舊劇,四五出。話劇,八本。短篇小說,六七篇。長篇小說,三部。長詩,一部。」坦然地把「本是為宣傳抗戰而寫的鼓詞、舊劇等舊形式作品」放在首位。他還寫道:「話劇與鼓詞,目的在學習」,「我承認八年來的成績欠佳,而不後悔我的努力學習。」

較之胡風對老舍抗戰時期創作道路的評價,茅盾在「紀念會」上的發言《光輝工作二十年的老舍先生》更有眼光。他說,「七年以來,老舍先生為『文協』耗費的精神時間已屬不少,然而他的創作活動始終沒有放鬆。他的創作的範圍是擴大了,他從小說而劇本,而長詩,而在運用舊形式方面,他亦作了光輝的貢獻。」

的確如此,如果沒有抗戰時期十八般藝術武器的跌跌撞撞的實踐,老舍後來就不會在世界文藝史享有如此崇高的地位。

(五)1950 年 6 月老舍寫成《方珍珠》初稿,這是老舍回國後的第一部大**作品。劇本交中國青年藝術劇院排演時,該院創作人員路翎由於種種原因,在與胡風通信中極力貶抑老舍的這部劇作。胡風雖無保留地附和路翎,但仍希望維持與老舍「面子上的朋友」關係,於是在通信中提醒路翎不要作損人不利己的事情。近年來,有人對老舍此期的創作道路提出質疑,認為老舍 1949 年後迫於政治壓力改變了創作風格。如果對老舍的創作道路稍有瞭解,就會知道老舍本是個關注國計民生的熱血作家,建國初期並未著意改變**

1950 年下半年至 1951 年初,胡風在私人通信中就老舍的話劇《方珍珠》對其人品文品有過非正式的評價。

老舍於 1949 年底回國,1950 年 5 月被選為北京市文聯主席,同月開始創作《方珍珠》。該劇通過北京舊藝人解放前後命運及生活的變遷,反映了窮苦大眾翻身的喜悅,歌頌了嶄新的社會風貌和新型的人際關係。

老舍的劇本初稿完成於 6 月 14 日,當天便被青年劇院要去,並由演員作排演前的「朗誦」。

胡風的朋友路翎當年在該劇院工作,次日給胡風去信,寫道:「昨天碰到

廖，匆匆談幾句，他說：不必再討論什麼了，決定演，八、九月就開始工作，或者在老舍的劇本以後上。……老舍的劇本昨天念了。很壞。我想這也是他底頭痛問題之一。但當然，演是會演的。昨天聽了這劇本的朗誦，我就頗有點幸災樂禍地高興，我想，可以給喜劇之說打一棍子了。這就是『喜劇』呀！但拿到真實的觀眾面前試試看去，喜不喜的起來？」信中「在老舍的劇本以後上」指的是路翎的《人民成見》，信中的「廖」和「他」指的是青年劇院院長廖承志。

朗誦效果不好，大概有兩個原因：一，朗誦者不是老舍，二，老舍曾談到：「臺詞，因為全是北京話，很難念好。這是因為大家念慣了用藍青官話所寫的劇本（的緣故）……活的北京話，音調節奏都須自然生動，大家倒念不上來了。」從這個角度來看，路翎所謂「很壞」，並不能全部歸咎於老舍。

胡風的覆信已佚。

6月22日路翎又致信胡風，談到：「……老作家的劇本就要開排，角色已定，因為統戰，改都不改。這樣的工作態度，如何是好呢。石、路二君都演主角，兩個都叫苦，但實際上什麼也不能說的。」信中的「老作家的劇本」指的還是老舍的《方珍珠》，「石、路二君」指的是演員石羽和路曦。

熟知老舍建國後話劇創作過程的人都知道，他的劇本大多是邊排邊改，每一部成功的劇作都凝注著作家、導演、演員的心血。《方珍珠》的創作和排演過程正是如此，路翎斥之為「這樣的工作態度」，大概是出於不暸解的原因。

胡風的覆信未見。

6月24日上午老舍去青年劇院，親自朗讀《方珍珠》劇本，並邀請北京曲藝界友人及一些作家提意見，劇本得到了大家的肯定，並預祝演出成功。

6月29日路翎再致胡風，仍堅持說道：「我不滿意老舍的劇本。我說，以我看，它在觀眾前面不會有什麼成功的。」

路翎為何如此斷言，有其個人的原因：第一，他的劇本《人民萬歲》早於老舍的劇本交出，劇院卻先排演老舍的，而將他的延後。第二，他不喜歡老舍的話劇風格，老舍話劇擅長表現市民生活的家長里短，他的話劇熱衷於表現人物內心的苦悶與掙扎。

胡風7月4～5日的覆信尚存，信中有如下一段：「看報，石做導演了，也是一種煞費苦心的辦法。但喜劇，你說不會成功，恐怕是失言了。我看，大半會『成功』的。小市民，還有悶苦了的幹部等。而且，也會努力用各種動員使

它『成功』的。還有，即使不會成功，你也不應該去預言的，不是麼？」信中的「石」指的是石羽。

覆信有深意：第一，胡風雖然還未讀到《方珍珠》（8 月 27 日在《光明日報》連載），但出於對老舍創作實力的瞭解，相信老舍的新作至少也能擁有低水平的受眾。第二，胡風對老舍的文壇號召力不敢低估，認為當政者即使出於「統戰」需要，也會把老舍的新作推上前臺。第三，胡風及其流派當年在文壇上樹敵過多，他希望能維持與老舍的關係，於是提醒路翎不要作損人不利己的事情。

續後，路翎還有幾封信提到《方珍珠》，胡風都未作積極回應。

當年 12 月 29 日，胡風觀看了《方珍珠》的第兩次彩排。

1951 年元旦，胡風為《方珍珠》首演去老舍家表示祝賀，並與劇組主要演員一起用餐，交談甚歡。

同年 1 月 12 日胡風給梅志去信，卻稱他和老舍只是「面子上的朋友」。

順便提一句，蔣泥在《老舍之跡》出了一個謎面，「1949 年後老舍為什麼要改變創作風格」。其實，這是個假命題。如果對老舍的創作道路稍有瞭解，認真地讀過《老張的哲學》、《貓城記》、《國家至上》等作品，當會知道老舍本是個關注國計民生的熱血作家，《方珍珠》及同期創作的《龍鬚溝》並不違初衷。

（六）1951 年 2 月話劇《龍鬚溝》公演，不久又進入中南海懷仁堂演出。年底北京市政府授予老舍「人民藝術家」的榮譽獎狀。該劇引起的反響及給帶來的榮譽是作家老舍始料不及的。1952 年胡風在家書中卻稱「老舍式的得意，我又要它做什麼」，透露出對老舍的鄙視。透底地看，胡風此說只是對周恩來的遷怒。1951 年 12 月胡風受到周恩來接見，他錯誤地領會了周的意思，宣稱將重操批評舊業，「掃蕩」文壇，兩年內使文藝改觀。又於次年 5 月給毛澤東、周恩來去信，要求上層給他的文藝思想以指導地位。不料，周恩來覺察了他的意圖，雖批准中宣部召集內部討論會，但主題定為「幫助」他改造思想。胡風的「掃蕩」計劃落空，於是口不擇言，老舍只是被其誤傷者之一

1952 年底，胡風又因老舍的話劇《龍鬚溝》對其人品文品有過非正式的評價。

1951 年 2 月老舍的話劇《龍鬚溝》由北京人民藝術劇院在北京劇院公演。該劇起筆於 1950 年 7 月，與《方珍珠》的修改交錯進行，兩劇的構思過程及

創作宗旨大致相同。簡言之,《龍鬚溝》也體現出老舍此期話劇創作的三大特點:重人物塑造,採用北京口語,寫熟悉的生活。

該劇引起的反響及給作家帶來的榮譽是老舍始料不及的。當年春,該劇進中南海懷仁堂演出,毛澤東、周恩來等中央領導人都出席觀看。同年 12 月彭真等代表北京市政府授予老舍「人民藝術家」的榮譽獎狀。

一時間,老舍成了建國初期文壇上最受人們關注的作家之一,各種議論也隨之而來。據說,一些解放區來的作家、理論家對老舍獲得這個稱號不服氣,認為老舍沒有參加過革命鬥爭;一些國統區來的作家也有看法,認為老舍一味歌德,有阿諛新政府之嫌。

胡風沒有公開發表意見,只是在私人通信中袒露了自己的觀點。

1952 年 10 月 25 日胡風給梅志去信,信中有如下一段涉及到老舍,他寫道:

> 我不做孤注一擲的豪客,但也決不做站在歷史以外的得意郎君或失心政治家。P(彭柏山)底經驗是可以參考的,但老舍式的得意,我又要它做什麼?

信中提到三種人物——「孤注一擲的豪客」,「站在歷史之外的得意郎君」,「失心政治家」——通觀《胡風家書》,即知所指,在此不贅。信中提到的彭柏山的「經驗」為八個字,「堅持真理、服從組織」。「老舍式的得意」似乎與「人民藝術家」的稱號有關。

北京市政府對老舍的表彰並無過譽之嫌,全文如下:

> 老舍先生的名著《龍鬚溝》生動地表現了市政建設為全體人民、特別是勞動人民服務的方針和對勞動人民實際生活的深刻關係;對教育廣大人民和政府幹部,有光輝的貢獻。特授予老舍先生以人民藝術家的榮譽獎狀。市長:彭真;副市長:張友漁、吳晗。

政府鼓勵作家關注民生,似乎沒有什麼不對。況且這種提法與胡風 1944 年對老舍的評價並無衝突,胡風不是說老舍是「大眾生活的親切的同情者和大眾語言的豐富的擁有者」嗎?《龍鬚溝》又一次體現出這個特點。

然而,胡風為何在此時突然改變了對老舍的看法呢?應該再作一番認真的探討。

胡風此期對現實的看法與老舍有不同嗎?沒有。胡風進北京城前曾給毛澤東和周恩來去信,稱頌新社會「滿天星,遍地花」;老舍回北京後寫過幾篇

散文，通過民眾生活的變化表述「我熱愛新北京」的情感。

胡風此期與老舍的創作宗旨有別嗎？也沒有。1949 年 5 月 30 日胡風曾寫信告誡路翎「要寫積極的性格，新的生命」。老舍的劇作正體現出這樣的歷史要求。

胡風此期與老舍的創作實踐有差異嗎？也不是。胡風曾熱衷「趕任務」，創作反映重大歷史事件的頌歌體長詩，撰寫英模特寫，去東北採訪志願軍。老舍也響應了歷史的呼喚，只是他的目光完全放在下層民眾的身上。

直言之，胡風並沒有鄙視老舍的理由。

近年來，有人稱《龍鬚溝》「應該是老舍後半生種種謎團的一個起點」（散木《老舍之「謎」──兼說老舍與胡風》），還有人說這部劇作開了「三結合」（即所謂「即領導出思想，群眾出生活，作家出技巧」）的先河（程紹國《林斤瀾說》）。恕我直言，他們的視野不夠開闊。試看胡風同期的英模特寫《和新人物在一起》，其創作過程才是典型的「三結合」，但我們絕不會以此苛責於胡風。

究其實，胡風此時對老舍的鄙視，實為因近遇不佳的遷怒。

1951 年年底胡風受周恩來接見，長談五個小時。幾天後，胡風在家書中（1951 年 12 月 20 日）表示，將重操批評舊業，「掃蕩」文壇，兩年內要讓文壇改觀。1952 年 5 月他給毛澤東、周恩來去信，表示「要求結束二十年來的不安情況」、「要求在領導下工作」、「要求直接得到指示」（胡風 1952 年 5 月 11 日給路翎信），以換取上層給他的文藝思想以指導地位。周恩來覺察到胡風誤解了他的談話精神，雖批准中宣部召集內部討論會，但主題改為「幫助」胡風改造思想。胡風「掃蕩」文壇的大計劃落空，非常失落，遷怒他人，老舍只是被其誤傷者之一。

（七）1954 年 7 月和 11 月胡風在「萬言書」和「在中國文聯主席團和中國作協主席團聯席擴大會議上的發言」中兩次提到老舍，似乎引老舍為盟友，這使得老舍在「反胡風運動」中陷入危境。毛澤東為「第三批材料」作按語，使老舍得到了解脫。近年來坊間對老舍在反胡風運動中的表現頗有微辭，大都出於對二人真實關係的誤解

1954 年胡風曾在上書中和大會發言中兩次引老舍為同調。

1954 年 7 月胡風在「萬言書」中寫到「關於路翎」一節時，批評當年 6 月 7 日中國作家協會主席團擴大會議不合章程，是一次「討論對於路翎的批評」的黑會。他寫道：「參加的非主席團的人有林默涵、宋之的、侯金鏡、嚴文井、

沙汀同志和黨員批評家及《人民文學》一部分黨員編委等,但沒有在北京的非黨員的副主席老舍同志。八個主席只有周揚、丁玲兩同志出席,是一種迫不及待的緊急會議。」這樣的寫法給上層人士留下兩個印象:老舍對未能參會不滿,老舍同情和支持路翎。

當年 11 月胡風「在中國文聯主席團和中國作協主席團聯席擴大會議上的發言」中批評《文藝報》是個非黨的「獨立王國」,批評《通訊員內部通報》是承擔著「嚴重的秘密任務」的「地下刊物」,批評該報「通訊員」是「小特權」。他引用老舍的大會發言進行論證,說:「上次老舍先生所舉的,你如果不同意他,他就說:《文藝報》上見!把青年讀者的單純的熱情做成了這樣的結果,這是使人不能不感到痛苦的。」這樣的寫法給上層人士留下的印象是,老舍完全贊同胡風對《文藝報》的批評。

現有資料證實,有關方面下決定批判胡風,其觸發點正是他的「萬言書」和「兩會上的發言」。若干被胡風引用過言論的人士,均受到了嚴格的審查。

老舍得以從危境中解脫,有多方面的原因。關係似密實疏是原因之一,在政治上無所訴求是原因之二,最為重要的是毛澤東為他說了話。

在「關於胡風集團的第三批材料」中,摘引了 1950 年 6 月 15 日路翎給胡風的信,即那封認為《方珍珠》寫得「很壞」的信,毛澤東在按語中寫道:

> 從這封信裏可見看出,胡風集團在他們的三十萬字上書和其他一切的公開言論中,好像他們主要只是反對共產黨的作家而不反對其他的人。他們當然從來不反對蔣介石和國民黨的其他人物,但不反對其他的人則是假的。原來他們對魯迅、聞一多、郭沫若、茅盾、巴金、黃藥眠、曹禺、老舍這許多革命者和民主人士都是一概加以輕蔑、謾罵和反對的。這種不要自己集團以外的一切人的作風,不正是蔣介石法西斯國民黨的作風嗎?

毛澤東把老舍定性為「民主人士」,這四個字解脫了他。

近年來,某些研究者對老舍在「反胡風運動」中及以後的表現頗多指責,尤以散木《老舍之「謎」──兼說老舍與胡風》一文為最,該文提出老舍與胡風關係中有三個謎:其一說老舍作批判文章《看穿了胡風的心》,此文導致「20 年交往的『老朋友』之誼,至此一筆勾銷了」;其二說老舍曾奉周恩來指示創作了反胡風的劇本,說「歷史終於上演了一出『中國的果戈里』批判『中國的別林斯基』的鬧劇」;其三說老舍收到胡風被逐出北京的信後,未伸援手。他

甚至設問道：「假如老舍活著，他會不會也來『懺悔』呢？」

其實，謎底很簡單：一、胡風與老舍始終只是「面子上的朋友」，他們的朋友圈子完全不同；二、奉命寫反胡風劇本的另有其人，筆者訪問過當事人；三、胡風深知老舍的能量有限，絕不會在信中向老舍救援。坊間的猜想和推測，大都出於對老舍和胡風的誤解。

（八）上世紀 80 年代胡風復出後，曾在不同場合談到現代文學研究及老舍研究。他反對「魯郭茅巴老曹」的排行，認為後面有四人不能與魯迅並列，但沒有直接談到老舍。他對老舍抗戰前後的創作道路在 1944 年的基礎上進行了新的詮釋，對老舍建國初期的創作道路也重新進行了評價。時間是最好的過濾器，四十年後再回首，塵埃落盡。胡風對老舍的評價雖有階段性的差異，更有一以貫之的個性標準和原則。他與老舍的關係是透明的，無待解之謎

1978 年春，老舍恢復名譽。1979 年春，胡風復出。

不久，胡風便在不同場合談到現代文學研究及老舍研究，其中有一些新的提法。

1980 年 8 月 11 日胡風給王福湘去信，對現代文學界流行的提法「魯郭茅巴老曹」提出質疑，他認為：郭沫若、茅盾、巴金、曹禺不能和魯迅並列，因為郭沫若是「曇花一現」的浪漫主義者，茅盾「以庸俗社會學當作現實主義」，「巴金的現實主義能夠在某一程度上打敗了他自己的安那其的世界觀，達到了一定的成就」，而「曹禺只有很少的現實主義」。老舍該如何排名呢？他沒有提。老舍作品的現實主義程度如何呢？他也未與置評。

1983 年胡風在《我和《新華日報》、《群眾週刊》的關係》的書面發言中，重提 1944 年在老舍紀念會上的講話。他說：「移到重慶以後⋯⋯寫過一些短文，例如《祝老舍先生創作活動二十年》，指出了老舍堅持在政治上統一戰線的立場和文學上現實主義的立場。」這是對當年所作兩個「基本態度」判斷的重新詮釋。第一個「基本態度」的原說是「我們應該最大地重新強調他的為戰爭獻身，向舊的傳統分離的決心」，如今新釋為「堅持在政治上統一戰線的立場」；第二個「基本態度」的原說是「我們應該重新強調藝術應該活在人民的解放要求裏面的他的精神」，如今新釋為「文學上現實主義的立場」。不管原說與新釋有多大的出入，但可以說明胡風對老舍抗戰時期的文學道路有了新的認識。

1984 年胡風撰文《紀念老舍同志誕辰八十五週年》，最後一次對老舍的創

作道路進行評價。文中有如下三段值得注意──

第一段：「他的創作經歷當然也不是單純的，但他的和人民共命運、為勞動人民的解放傾注了自己心血的追求精神，值得我們誠懇地學習。」

這是對老舍創作道路的總體評價。「不是單純的」，仍堅持認為老舍曾走過一些彎路；「和人民共命運」，則比 1944 年「大眾生活的親切的同情者」的評價高出了許多，也更為準確。

第二段：「抗戰八年間，他分出了大部分時間和精力來做團結抗戰的工作，但同時也沒有放棄創作……把追求真理、實現理想的鬥爭和創作活動上的追求結合起來，這是一個作家最寶貴的品德。」

這是對老舍抗戰時期文學活動的階段性評價。雖迴避了對老舍作品作藝術分析，但強調了「創作活動上的追求」，比較貼近老舍 1945 年在《八方風雨》中關於運用舊形式也是「學習」的說法。

第三段：「由於他的這種品德（指『把追求真理、實現理想的鬥爭和創作活動上的追求結合起來』），解放後他追隨黨，對新中國的文學事業做出了他所能做的、真誠的努力，贏得了國際榮譽。」

這是對老舍建國後文學活動的階段性評價。「品德」云云，指出老舍的創作思想有一以貫之的特點，並未因某種原因發生突變，這也是比較實事求是的說法。

時間是最好的過濾器，四十年後再回首，塵埃落盡。胡風絕不敷衍，他與老舍的關係是透明的，他對老舍的評價是有其原則的。

2009/1/14